A. Wolb

BASTEI LÜBBE

ROBERT ASPRIN

Ein Dämon zuviel

Fantasy-Roman

Ins Deutsche übertragen
von Sylvia Pukallus

BASTEI LÜBBE

BASTEI-LÜBBE-TASCHENBUCH
Band 20 180

Neuausgabe
Erste Auflage:
Mai 1992
Zweite Auflage:
Februar 1993

Deutsche Lizenzausgabe
1979/1988/1992
Bastei-Verlag
Gustav H. Lübbe GmbH & Co.
Bergisch Gladbach
Originaltitel: Another Fine Myth
Titelillustration: Walter Velez
Umschlaggestaltung:
Quadro-Grafik, Bensberg
Satz: Fotosatz Schell, Bad Iburg
Druck und Verarbeitung:
Brodard & Taupin
La Flèche, Frankreich
Printed in France

ISBN 3-404-20180-9

›Es gibt mehr Dinge im Himmel und auf Erden,
als eure Schulweisheit sich träumt, Horatio‹
HAMLET

1

Einer der wenigen befreienden Aspekte von Lehrern, so glaube ich, ist die Tatsache, daß man sie gelegentlich täuschen kann. Dies traf zu, als meine Mutter mir das Lesen beibrachte, es stimmte, als mein Vater versuchte, aus mir einen Bauern zu machen, und es hat auch jetzt seine Richtigkeit, da ich die Magik erlerne.

»Du hast nicht geübt!« Garkins strenge Vorhaltung riß mich aus meinen Träumereien.

»Hab ich wohl!« protestierte ist. »Es ist halt eine schwierige Übung.«

Wie zur Antwort begann die Feder, an der ich mich in Levitation übte, mitten in der Luft zu zittern und zu schaukeln.

»Du konzentrierst dich nicht richtig!« schalt er mich.

»Es liegt am Luftzug«, widersprach ich und hätte am liebsten hinzugefügt ›von deiner großen Klappe‹, aber ich traute mich nicht. Schon früh bei unserem Unterricht hatte Garkin seine Abneigung gegenüber frechen Lehrlingen unter Beweis gestellt.

»Am Luftzug!« höhnte er und imitierte meine Stimme. »So geht das, Tölpel!«

Mein geistiger Kontakt mit dem Gegenstand meiner Konzentration wurde unterbrochen, als die Feder plötzlich zur Decke schoß. Sie kam zum Halten, als klebte sie da oben an etwas fest, obwohl sie etwa noch

25 cm von den Holzbalken entfernt war, dann tanzte sie in flachen Kreisbewegungen herab. Die Kreise, die sie zog, waren zu exakt, um natürlich zu sein.

Ich riskierte ein Auge auf Garkin. Er hing mit baumelnden Füßen in seinem Sessel, wobei seine ganze Aufmerksamkeit scheinbar auf eine Keule des gerösteten Echsenvogels gerichtet war, den er verzehrte – einen Vogel, den ich gefangen habe, nebenbei gesagt. Das war wirklich Konzentration! Er sah plötzlich hoch, und unsere Blicke trafen sich. Da es zu spät war, die Augen abzuwenden, blickte ich ihm halt einfach ins Gesicht.

»Hungrig?« Sein fetttriefender salz-und-pfeffergrauer Bart umrahmte plötzlich ein wölfisches Grinsen. »Dann führ mir mal vor, wieviel du geübt hast.«

Ich brauchte einen ganzen Herzschlag lang, um zu begreifen, was er meinte; dann sah ich verzweifelt hoch. Die Feder schaukelte dem Fußboden entgegen und befand sich bereits in Schulterhöhe. Ich versuchte, die plötzliche Anspannung aus meinem Körper zu verdrängen, und griff mit meinem Geist zu … vorsichtig … bilde ein Kissen … stoße sie nicht zurück …

Knapp zwei Handbreit über dem Boden kam die Feder zum Stehen.

Ich vernahm Garkins leises Kichern, ließ jedoch nicht zu, daß es meine Konzentration störte. Seit drei Jahren hatte ich die Feder nicht mehr den Boden berühren lassen, und jetzt sollte sie es auch nicht.

Langsam hob ich sie an, und sie schwebte in Augenhöhe. Ich hüllte sie mit meinem Denken ein, ließ sie um ihre Achse kreisen und verführte sie dann zu einem doppelten Salto. Während ich sie durch diese

Übung geleitete, waren ihre Bewegungen nicht so weich und sicher wie unter Garkins Führung, sie behielt jedoch unbeirrbar den vorgegebenen Kurs bei.

Ich hatte zwar mit der Feder nicht geübt, aber geübt hatte ich. Wenn Garkin nicht in der Nähe oder mit seinen eigenen Studien beschäftigt war, widmete ich meine Zeit der Levitation von Metallstücken – Schlüsseln, um genau zu sein. Jeder Levitationstypus hat seine eigenen, immanenten Schwierigkeiten. Die Feder zum Beispiel, als früherer Bestandteil von etwas Lebendingem, war reaktionsfreudig ... zu reaktionsfreudig. Metall anzuheben war anstrengend, mit einer Feder umzugehen erforderte dagegen Feinfühligkeit. Hatte ich zwischen diesen beiden zu wählen, so zog ich die Arbeit mit Metall vor. Ich sah darin bessere, konkretere Anwendungsmöglichkeiten für meinen eigentlichen Beruf.

»Ganz ordentlich, Bursche. Jetzt leg sie wieder ins Buch.«

Ich lächelte vor mich hin. Diesen Teil hatte ich trainiert, nicht wegen seiner potentiellen Anwendung, sondern rein zum Vergnügen.

Das Buch lag aufgeschlagen am Ende der Werkbank. Ich holte die Feder in einer ausholenden, trägen Spiralbewegung herunter, ließ sie dabei leicht die Seiten des Buches streifen, hochsteigen in einem steilen Bogen, bis sie innehielt und wieder herunterkam. Als sie sich zum zweiten Male dem Buch näherte, löste ich einen Teil meines Denkens ab, der sich auf das Buch konzentrierte. Als die Feder über die Seiten schaukelte, schnappte das Buch zu wie die Kiefer eines hungrigen Raubtieres, das den Flugkörper im Griff hat.

»Hmm«, ließ Garkin vernehmen, »ein bißchen angeberisch, aber wirksam.«

»Nur eine Kleinigkeit, die ich so beim Üben zusammengestellt habe«, sagte ich angelegentlich und streckte meine Geisteskräfte nach der anderen Echsenvogelkeule aus. Anstatt jedoch graziös in meine wartende Hand zu schweben, blieb sie auf dem Holzbrett liegen, als habe sie Wurzeln geschlagen.

»Nicht so hastig, mein kleiner Strauchdieb. Du hast also geübt, hä?« Er streichelte sich den Bart mit dem halb abgenagten Knochen in seiner Hand. Widerlich.

»Sicher! Habe ich das nicht bewiesen?« Es kam mir in den Sinn, daß Garkin vielleicht doch nicht so leicht zu täuschen war, wie es manchmal schien.

»In dem Fall möchte ich gerne mal sehen, wie du deine Kerze anzündest. Das müßte dir ja leichtfallen, wenn du so viel geübt hast, wie du behauptest.«

»Ich habe keine Einwände dagegen, es zu versuchen, aber wie du selbst so viele Male gesagt hast, fallen einem manche Übungen schwerer als andere.«

Obwohl ich einen selbstsicheren Ton anschlug, sank mir das Herz in die Hosen, als die große Kerze auf Garkins Aufforderung zum Arbeitstisch geschwebt kam. In vier Jahren war mir diese besondere Übung noch niemals gelungen. Wenn Garkin mir das Essen vorenthalten würde, bis ich Erfolg hätte, könnte ich lange Zeit mit hungrigem Magen herumlaufen.

»Weißt du, Garkin, mir fällt da gerade ein, daß ich mich mit vollem Mangen wahrscheinlich besser konzentrieren könnte.«

»Mir fällt da gerade ein, daß du Ausflüchte machst.«

»Könnte ich nicht ...«

»Voran, Skeeve.«

Wenn er schon einmal meinen Eigennamen gebrauchte, war nicht mit ihm zu spaßen. Soviel hatte ich im Laufe der Jahre gelernt. Bursche, Strauchdieb, Idiot, Dummkopf – das war zwar geringschätzig, doch solange er mich so anredete, war noch mit ihm zu diskutieren. Kehrte er erst einmal zu meinem Eigennamen zurück, war der Fall hoffnungslos.

Nun, wenn die Sache nicht zu umgehen war, dann mußte ich mein Bestes geben. Mit halber Kraft und schwacher Konzentration wäre da nichts zu machen. Ich würde jedes Fäserchen Muskelkraft und alles Geschick aufbieten müssen, um die notwendige Stärke aufzubringen.

Ich würde die Kerze dieses Mal entzünden. Ich würde sie entzünden, denn es gab nichts, was mich daran hindern konnte, sagte ich mir.

Ich holte bewußt tief Luft und begann, meine Kraft zu sammeln. Meine Welt verengte sich immer mehr, bis ich einzig und allein noch den krummen, geschwärzten Docht der Kerze wahrnahm.

Ich war Skeeve. Mein Vater hatte als Bauer eine enge Verbindung zur Erde. Meine Mutter war eine gebildete Frau. Mein Lehrer war ein Zaubermeister. Ich war Skeeve. Ich würde diese Kerze entzünden.

Ich fühlte, wie ich warm wurde, als sich die Energien in mir sammelten. Ich richtete die Wärme auf den Docht aus.

Wie mein Vater zapfe ich der Erde Kraft ab. Das Wissen, das mir meine Mutter vermittelt hat, ist wie eine Linse, durch die ich ins Auge fassen kann, was ich erworben habe. Die Weisheit meines Lehrers lenkt meine Anstrengungen auf jene Punkte des Universums, die am ehesten meinem Willen gehorchen. Ich bin Skeeve.

Die Kerze blieb aus. Nun stand mir der Schweiß auf der Stirn, und ich zitterte allmählich vor Anstrengung. Das war nicht gut, ich durfte mich nicht verkrampfen. Entspann dich. Bemüh dich, nichts zu erzwingen. Anspannung behindert den Kräftefluß. Laß die Energien frei strömen, sei nur ein passiver Leiter. Ich zwang mich zur Ruhe.

Der Kräftestrom war nun merklich stärker. Ich streckte einen Finger aus, um sie konzentriert auszurichten. Auf der Kerze rührte sich nichts. Ich schaffte es nicht. Negativer Gedanke. Verdränge ihn. Stütz dich nicht auf andere, um stark zu sein. Ich werde die Kerze zum Brennen bringen, weil ich Skeeve bin.

Dafür wurde ich mit einem plötzlichen Energieschwall belohnt. Ich ging ihm nach, berauschte mich an der Kraft. Ich bin Skeeve. Ich bin stärker als sie alle. Ich bin den Bemühungen meines Vaters entgangen, mich wie meinen Bruder an den Pflug zu ketten. Meine Mutter starb an ihrem Idealismus, ihre Lehren halfen mir jedoch zu überleben. Mein Lehrer war ein einfältiger Narr, der sich einen Dieb zum Lehrling nahm. Ich habe sie alle geschlagen. Ich bin Skeeve. Ich werde diese Kerze entzünden.

Ich schwebte nun. Ich begriff, wie meine Fähigkeiten alles um mich her schrumpfen ließen. Es war belanglos, ob ich die Kerze nun entzündete oder nicht. Ich bin Skeeve. Ich bin mächtig. Fast gleichzeitig ließ ich meinen Geist den Docht berühren. Wie als Antwort auf meinen Willen erschien ein kleiner, heller Funken.

Erschreckt zuckte ich zusammen und blinzelte die

Kerze an. In diesem Augenblick verschwand das Fünkchen und ließ zum Zeichen seines Erlöschens ein winziges weißes Rauchfähnchen zurück.

»Ausgezeichnet, Bursche!«

Garkin stand plötzlich neben mir und hieb mir begeistert auf die Schulter. Wie lange er schon da stand, wußte ich nicht, und es war mir auch ziemlich gleichgültig.

»Sie ist ausgegangen«, sagte ich voller Bedauern.

»Das braucht dich nicht zu kümmern. Du hast sie entzündet. Du hast das nötige Selbstvertrauen. Das nächste Mal wird es leichter sein. Bei allen Gestirnen, wir machen noch einen Zauberer aus dir. Hier, du mußt wirklich Hunger haben.«

Ich konnte kaum noch meine Hand heben, um die restliche Echsenvogelkeule aufzufangen, ehe sie mir ins Gesicht flog.

»Ich will dir nicht verhehlen, daß ich allmählich schon verzweifeln wollte, Bürschchen. Was ist dir an dieser Lektion so schwergefallen? Ist es dir vielleicht in den Sinn gekommen, daß du diesen Zauber dazu benutzen kannst, dir zusätzliches Licht zu spenden, wenn du ein Schloß knackst oder um zur Ablenkung ein Feuer zu legen?«

»Ich habe darüber nachgedacht, aber zusätzliches Licht könnte unerwünschte Aufmerksamkeit erregen. Was das Ablenkungsfeuer betrifft, so hätte ich Angst, daß jemand zu Schaden kommt. Ich möchte niemanden verletzen, nur ...«

Ich hielt inne, als ich begriff, was ich da sagte, aber es war bereits zu spät. Eine heftige Ohrfeige von Garkin riß mich von meinem Schemel.

»Hab ich mir's doch gedacht! Du willst also nach wie

vor ein Dieb bleiben. Du willst meine Magikkünste zum Stehlen benutzen!«

»Und was ist so falsch daran?« knurrte ich. »Dann verhungert man wenigstens nicht. Was ist denn so großartig daran, ein Zauberer zu sein? Ich will sagen, dein Lebensstil hier läßt mich nicht gerade optimistisch in die Zukunft blicken.«

Ich machte eine Geste durch den vollgepferchten Raum, der die gesamte Hütte einnahm.

»Hör sich einer dieses Welpengeheul an!« schnaubte Garkin. »Als der Winter dich aus dem Wald getrieben hat zum Stehlen, war es gut genug. ›Dann muß man wenigstens nicht unter den Büschen schlafen‹ hast du damals gesagt.«

»Das ist ja auch richtig. Deshalb bin ich ja immer noch hier. Aber ich habe nicht vor, den Rest meines Lebens hier zuzubringen. Sich in einer kleinen Hütte im Wald zu vergraben ist nicht die Zukunft, wie ich sie mir erträume. Du hast von Wurzeln und Beeren gelebt, bis ich kam und Fallen aufstellte. Vielleicht ist das deine Vorstellung von einem herrlichen Leben, Garkin, meine ist es jedenfalls nicht.«

Wir sahen einander einige lange Momente ins Gesicht. Nun, da ich meinem Zorn Luft gemacht hatte, hatte ich nicht wenig Angst. Obwohl ich nicht allzu reiche Erfahrungen auf diesem Gebiet hatte, stellte die Beschimpfung des Zauberers wohl kaum eine Garantie für ein langes und gesundes Leben dar.

Überraschenderweise war Garkin der erste, der nachgab. Er wandte plötzlich seinen Blick ab, neigte den Kopf und ließ mich eines der seltenen Male die ungekämmte Mähne auf seinem Schädel sehen.

»Vielleicht hast du recht, Skeeve«, seine Stimme

klang merkwürdig sanft. »Vielleicht habe ich dir nur die ganze Arbeit der Magik gezeigt, aber nie die Belohnungen. Ich vergesse immer wieder, wie wenig man hierzulande von der Magik hält.«

Er hob die Augen, unsre Blicke trafen sich wieder, und mir schauderte. Nicht, daß Zorn darin zu lesen gewesen wäre, vielmehr ein tiefes Glühen, das ich niemals zuvor erblickt hatte.

»Du sollst nun wissen, Skeeve, daß nicht alle Länder wie dieses hier sind, noch war ich immer der, als den du mich hier siehst. In Ländern, wo man die Magik ehrt, anstatt sie wie hier zu fürchten, wird sie von den Mächtigen anerkannt und in ihre Dienste genommen. Dort kann ein geschickter Magiker, der seine Weisheit für sie behält, hundertmal mehr Reichtümer erwerben, als du dir als Dieb erhoffst, und eine solche Macht, die ...«

Plötzlich verstummte er und schüttelte den Kopf, als müsse er seine Gedanken klären. Als er die Augen wieder öffnete, war das Glühen, das ich zuvor gesehen hatte, bis auf ein Fünkchen verschwunden.

»Aber du läßt dir nicht mit Worten imponieren, nicht wahr, Bursche? Komm, ich will dir eine kleine Vorführung eines Teils der Macht bieten, die du eines Tages beherrschen kannst – wenn du deine Lektionen fleißig übst, heißt das.«

Ich glaube nicht, daß er meiner Antwort noch Beachtung schenkte. Er trat schon in das riesige Pentagramm, das ständig auf dem Boden der Hütte eingezeichnet war. Beim Gehen machte er ein paar abwesende Gesten, worauf der verkohlte Kupferkessel von seinem Platz in der Ecke herüberschepperte, um im Zentrum des Pentagramms zu ihm zu stoßen.

Sogleich war er schwer in die Arbeit vertieft und umgeben von einer umherschwebenden Wolke von Phiolen und Gefäßen, die er unter ständigem Gemurmel gelegentlich aus der Luft packte, um ein paar Tropfen ihrer Inhalte in den Kessel zu schütten. Was immer er da vorbereitete, es versprach, sehenswert zu werden.

Zu diesem Zeitpunkt hörte ich zum zweitenmal die gedämpften Schritte vor der Hütte. Aber das war unmöglich, da Garkin stets die ... Ich begann mein Gedächtnis zu durchforsten. Ich konnte mich nicht daran erinnern, daß Garkin die Schutzwälle aufgebaut hatte, ehe er sich an die Arbeit gemacht hatte. Lächerlich. Vorsicht war das erste und wichtigste Prinzip, das Garkin mir einhämmerte, und ein Teil dieser Vorsicht war es, die Schutzwälle aufzustellen, ehe man an die Arbeit ging. Er konnte dies nicht vergessen haben ... allerdings war er ziemlich gedankenversunken und zerstreut gewesen.

Ich erwog immer noch, ob ich Garkin stören sollte, als er plötzlich einen Schritt vom Kessel zurücktrat. Er sah mich mit seinem typischen Blick an, daß mir meine Warnung im Halse steckenblieb. Dies war nicht der Augenblick, Alltäglichkeiten ins Feld zu führen. In seinen Augen schimmerte wieder dieses Glühen, und zwar stärker als zuvor.

»Selbst Vorführungen sind lehrreich«, erklärte er. »Kontrolle, Skeeve. Kontrolle ist die Hauptstütze der Magik. Macht ohne Kontrolle ist der Untergang. Deshalb sollst du mit einer Feder üben, auch wenn du im Stande bist, weit größere und schwerere Gegenstände zu bewegen. Kontrolle. Selbst deine spärlichen Kräfte würden zur Gefahr, so du sie nicht beherrschen kannst. Und ich werde dir kein Stück mehr beibringen, ehe du diese Kontrolle nicht erlernt hast.«

Er trat vorsichtig aus dem Pentagramm.

»Um dir die Bedeutung von Kontrolle zu demonstrieren, will ich nun einen Dämon herbeirufen, ein Wesen aus einer anderen Welt. Er ist mächtig, grausam und bösartig und würde uns beide umbringen, bekäme er die Gelegenheit dazu. Trotzdem werden wir uns nicht vor ihm fürchten müssen, da wir ihn unter Kontrolle haben. Er wird nicht in der Lage sein, uns oder irgend sonst jemandem auf dieser Welt ein Härchen zu krümmen, da er in dieses Pentagramm eingesperrt ist. Nun paß auf, Skeeve. Paß auf und merk es dir.«

Nach diesen Worten wandte er sich wieder dem Kessel zu. Er spreizte die Finger, worauf die fünf Kerzen an den Ecken des Pentagramms zu brennen begannen und die Kanten in unheimlichem, blauem Licht glühten. Einige Minuten lang herrschte Schweigen, dann stimmte er einen leisen Singsang an. Eine Rauchfahne erhob sich aus dem Kessel, doch anstatt zur Decke zu steigen, ergoß sie sich auf den Boden und bildete eine kleine, brodelnde pulsierende Wolke. Garkins Gesang schwoll an, die Wolke wuchs und wurde dunkler. Der Kessel war nun fast nicht mehr zu sehen, dann aber … in den Tiefen der Wolke … begann etwas, Form anzunehmen …

»Isstvan läßt dir schöne Grüße bestellen, Garkin!«

Bei diesen Worten fiel ich fast aus den Schuhen. Sie kamen aus dem Innern der Hütte, jedoch nicht aus dem Pentagramm. Ich wirbelte herum in die Richtung, aus der die Stimme erklungen war. Im Türrahmen stand eine Gestalt in blendend goldenem

Umhang. Für einen dummen Augenblick lang dachte ich, es sei der Dämon, der Garkins Ruf gefolgt war. Dann sah ich die Armbrust. Es war ein Mensch, soweit so gut. Aber die gespannte und geladene Armbrust in seiner Hand trug nicht gerade zu meiner Beruhigung bei.

Garkin drehte sich nicht einmal um.

»Nicht jetzt, du Narr!« knurrte er.

»Es war eine anstrengende Jagd, Garkin«, fuhr der Mann fort, als habe er es nicht gehört. »Du hast dich gut versteckt, aber glaubst du wirklich zu entkommen ...«

»Du wagst es!?!« Garkin wirbelte herum und reckte sich in seinem Zorn zu beeindruckender Größe empor.

Der Mann erblickte Garkins Gesicht, sah seine Augen. Die Miene des Mannes verzerrte sich zu einer grotesken Maske der Angst. Reflexartig löste er den Bolzen seiner Armbrust, es war jedoch bereits zu spät. Ich hatte nicht gesehen, was Garkin gemacht hatte, der Mann verschwand jedoch augenblicklich in einem Flammenblitz. Tödlich verwundet schrie er auf und stürzte zu Boden. Die Flamme verschwand so plötzlich, wie sie erschienen war und ließ zum Zeichen, daß sie überhaupt existiert hatte, wenigstens den geschrumpften Leichnam zurück.

Ich blieb einige Augenblicke wie angewurzelt auf dem Fleck stehen, ehe ich mich rühren oder sprechen konnte.

»Garkin«, sagte ich schließlich, »ich ... Garkin!«

Garkins Gestalt lag wie ein Bündel Lumpen auf dem Boden. Der Bolzen der Armbrust ragte in stiller Endgültigkeit aus seiner Brust. Garkin hatte mir seine letzte Lektion erteilt. Als ich mich vorbeugte, seinen Leichnam zu berühren, bemerkte ich etwas, das mir das Blut in den Adern gefrieren ließ.

Sein Körper hatte die Kerze an der Nordseite des Pentagramms erstickt. Die Linien hatten das blaue Glühen verloren. Der schützende Zauber war gebrochen.

Mit letzter Anstrengung hob ich den Kopf und sah in ein paar gelbe, goldfleckige Augen, die nicht von dieser Welt waren.

›Es ist nicht alles Gold, was glänzt‹
MANDRAKE

2

Einmal im Wald stand ich plötzlich einer Schlangenkatze gegenüber. Bei einer anderen Gelegenheit traf ich einen Spinnenbären. Angesichts eines Dämons beschloß ich, das gleiche Verhalten anzuwenden, das mich bei den zuvor erwähnten Gelegenheiten gerettet hatte. Ich erstarrte. Zumindest im nachhinein erscheint mir dies als absichtlicher, berechneter Willensakt von ungewöhnlicher Beherztheit.

Der Dämon zog die Lippen zurück und entblößte eine Doppelreihe nadelscharfer Zähne.

Ich beschloß, den eingeschlagenen Handlungskurs zu ändern. Ich erwog, in Ohnmacht zu fallen.

Der Dämon fuhr sich mit einer purpurroten Zunge über die Lippen und begann, mir langsam eine mit

Klauen versehene Hand entgegenzustrecken. Das war das Ende! Ich wich zurück, nicht etwa mit einem katzenhaften, graziösen Sprung, vielmehr kriechenderweise auf allen vieren. Es ist erstaunlich, wie schnell man auf diese Weise vorankommt, wenn man ernsthaft motiviert ist. Es gelang mir, eine erstaunliche Geschwindigkeit zu erreichen, ehe ich mit dem Kopf voraus gegen die Wand krachte.

»GaaaHH ...«, blieb mir nur zu sagen. Das macht vielleicht nicht allzuviel her, im Moment war dies jedoch ein sehr gemäßigter Ausdruck für den Schmerz und die Furcht, die ich empfand.

Angesichts meines Ausbruchs wollte der Dämon schier ersticken. Erst platzten mehrere Schreie aus ihm heraus, dann begann er zu lachen. Es war kein leises, bedrohliches Lachen, vielmehr das begeisterte Lachen eines Menschen aus vollem Herzen, der gerade etwas umwerfend Komisches gesehen hatte.

Ich fand dies gleichermaßen beunruhigend wie ärgerlich. Ärgerlich, da in mir der Verdacht wuchs, daß ich die Quelle seiner Erheiterung war; beunruhigend, weil ... nun, ja ... er war ein Dämon, und Dämonen sind ...

»Kalt, bösartig und blutrünstig«, keuchte der Dämon, als hätte er meine Gedanken gelesen. »Du hast ihm das wirklich voll abgekauft, nicht wahr, Kerlchen?«

»Wie bitte?« erkundigte ich mich, da mir nichts Besseres zu sagen einfiel.

»Hörst du schlecht? Ich sagte ›kalt, bösartig ...‹«

»Gehört habe ich Euch wohl. Ich weiß aber nicht, was Ihr meint.«

»Was ich meine ist, daß du wegen ein paar sorgfältig

gewählter Worte meines geschätzten Kollegen zu Tode erschrocken warst, möchte ich wetten.« Er wies mit dem Daumen auf Garkins Leichnam. »Tut mir leid wegen der tragischen Vorfälle. Ich dachte, eine komische Abwechslung wäre ganz sinnvoll, um den sonst so ernsten Augenblick aufzuhellen.«

»Komische Abwechslung?«

»Na, ich konnte diese Gelegenheit nicht ungenutzt verstreichen lassen. Du hättest dein Gesicht sehen müssen.«

Er kicherte vor sich hin, als er aus dem Pentagramm trat und gutgelaunt begann, die Räumlichkeiten zu besichtigen.

»So, das ist also Garkins neue Wohnung, wie? Was für eine Bruchbude! Wer hätte gedacht, daß er so weit herunterkommt?«

Zu sagen, ich wäre perplex gewesen, wäre eine Untertreibung. Ich hatte keine genaue Vorstellung, wie ein Dämon sich verhalten mußte, aber so jedenfalls nicht.

Ich hätte zur Tür stürzen können, doch scheinbar befand ich mich nicht in akuter Gefahr. Entweder hatte dieses fremde Wesen nicht die Absicht, mir etwas anzutun, oder aber er war sich seiner Fähigkeit, mich von einem Fluchtversuch abzuhalten, völlig sicher. Meinem Nervensystem zuliebe beschloß ich, an das erstere zu glauben.

Der Dämon setzte seine Besichtigung der Hütte fort, während ich ihn betrachtete. Er war humanoid; das heißt, er hatte zwei Arme, zwei Beine und einen Kopf. Er war von kurzer aber kräftiger Statur, die Schultern ein wenig breiter als bei einem Mann und sehr muskulös, aber er war kein Mensch. Ich meine, man sieht nicht allzu viele Menschen, deren Körper mit grünen Schuppen bedeckt sind und deren spitze Ohren eng am Kopf anliegen.

Ich entschloß mich, eine Frage zu stellen.

»Äh, entschuldigt bitte.«

»Ja, Kind?«

»Hm, Ihr seid doch ein Dämon, nicht wahr?«

»Wie? Ach, so, ja, ich glaube, das könnte man sagen.«

»Also, wenn Ihr mir die Frage nicht übelnehmt, warum benehmt Ihr Euch dann nicht wie ein Dämon?«

Der Dämon warf mir einen angeekelten Blick zu, dann wandte er den Kopf mit einer märtyrerhaften Geste himmelwärts.

»Jeder hat doch irgend etwas zu mäkeln. Ich will dir was sagen, Kind: Wärst du zufriedener, wenn ich dir die Gurgel mit meinen Zähnen durchbisse?«

»Nun, nein, aber ...«

»Bei der Gelegenheit, wer bist du eigentlich? Bist du ein unschuldiger Zuschauer oder bist du mit dem Mörder gekommen?«

»Ich gehöre zu ihm«, beeilte ich mich zu erwidern und deutete mit zittrigem Finger auf Garkins Leiche. Die Bemerkung von wegen die Gurgel durchbeißen hatte mich wieder in Alarmzustand versetzt. »Oder zumindest gehörte ich zu ihm. Garkin! Derjenige der ... den, eh Euch gerufen hat! Ich bin ... ich war sein Schüler.«

»Ohne Quatsch? Garkins Lehrling?« Er kam auf mich zu und streckte eine Hand aus. »Erfreut, dich ... Was ist los?«

Als er näher trat, wich ich entsetzt vor ihm zurück.

Ich versuchte das zwar möglichst unauffällig zu tun, doch er bemerkte es.

»Na ... es ist, weil ... Ihr *seid* halt ein Dämon.«

»Ja, und?«

»Hm, ja ... Dämonen sollen doch angeblich ...«

»He, bleib mal locker, Kerlchen. Ich beiße nicht. Schau, ich bin ein alter Kumpel von Garkin.«

»Aber Ihr habt doch gesagt, Ihr seid ein Dämon?«

»Das stimmt. Ich stamme aus einer anderen Dimension. Ein Dimensionenwanderer, oder kurz gesagt ein Dämon. Kapiert?«

»Was ist eine Dimension?«

»Und du willst wirklich Garkins Lehrling gewesen sein?« schalt der Dämon. »Ich meine, er hat dir überhaupt nichts von den Dimensionen erzählt?«

»Nein«, antwortete ich. »Ich will sagen, ja, ich bin sein Lehrling, aber er hat mir niemals etwas von Dämon-Sonnen erzählt.«

»Dimensionen heißt das«, verbesserte er. »Also, eine Dimension ist eine andere Welt, genauer gesagt eine von mehreren Welten, die gleichzeitig mit dieser, aber auf verschiedenen Ebenen existiert. Kannst du mir soweit folgen?«

»Nein«, versicherte ich überzeugend.

»Na, dann nimm einmal einfach an, daß ich von einer anderen Welt stamme. Und in dieser Welt bin ich ein Magiker wie Garkin. Wir hatten ein Austauschprogramm laufen, wonach wir dem anderen auf Aufforderung erschienen, um unsere jeweiligen Lehrlinge zu beeindrucken.«

»Aber Ihr habt doch gesagt, Ihr wärt ein Dämon«, sagte ich mißtrauisch.

»Das *bin* ich doch auch! Kind. In meiner Welt wärst

du ein Dämon, ein Geist, aber im Augenblick befinde ich mich in deiner, also bin ich der Dämon.«

»Aber Ihr sagtet doch, Ihr wärt ein Zauberer.«

»Das ist doch nicht zu glauben!« Der Dämon beschwor wieder zornig die Himmel. »Da steh ich und fechte mit so einem Knirps herum ... Schau, Kerlchen.«

Er richtete wieder seinen Blick auf mich.

»Laß mich's mal so herum versuchen. Wirst du mir nun die Hand geben, oder muß ich dir das Herz herausreißen?«

Wenn er die Sache so drehte ... Ich meine, als er so in Wut geriet und zu schreien begann, klang er wirklich wie Garkin. Dies verlieh seiner Behauptung, ein Freund meines Ex-Lehrers gewesen zu sein, Glaubwürdigkeit. Ich ergriff seine dargebotene Hand und schüttelte sie vorsichtig.

»Ich bin ... mein Name ist Skeeve.«

Sein Händedruck war kalt, aber fest. So fest nämlich, daß es unmöglich war, meine Hand so schnell zurückzuziehen, wie ich dies gern getan hätte.

»Freut mich, dich kennenzulernen, Kerlchen. Ich bin Aahz.«

»Oz?«

»Nein, mit dem bin ich nicht verwandt.«

»Verwandt? Mit wem?« wollte ich wissen, doch er inspizierte schon wieder den Raum.

»Also, hier gibt es sicher nichts, was den Neid seiner Kollegen erregen könnte. Recht urzeitlich und stabil, aber nicht besonders komfortabel.«

»Uns gefällt es«, sagte ich würdevoll. Nun, da ich meine Angst überwunden hatte, mißfiel mir der Spott in seiner Stimme. Die Hütte war nichts Besonderes, und ich mochte sie auch nicht übermäßig, aber seine Krittelei gefiel mir nicht.

»Reg dich nicht auf, Kerlchen«, sagte Aahz leichthin. »Ich suche nur nach einem Motiv, das ist alles.«

»Motiv?«

»Den Grund, warum jemand Garkin aus dem Weg räumen wollte. Ich bin nicht wild auf Rache, aber er war ein Stammtischbruder von mir, und die Sache hat meine Neugier geweckt.«

Er beendete seinen Rundgang durch die Hütte, um sich wieder direkt an mich zu wenden.

»Wie steht's mit dir, Kerlchen? Hast du eine Idee? Irgendein Milchmädchen, das er verführt, oder einen Farmer, den er geärgert hat? Für dich ist das ja auch von Belang, weißt du. Du könntest die nächste Zielscheibe abgeben.«

»Aber der Bursche, der's getan hat, ist tot.« Ich wies auf den verkohlten Klumpen neben der Tür. »Ist die Sache damit nicht ausgestanden?«

»Komm zu dir, Kerlchen! Hast du nicht den Goldumhang gesehen? Das war ein professioneller Mörder. Jemand hat ihn angeheuert, und der würde auch einen zweiten anheuern.«

Ein kalter Schauer lief mir das Rückgrat hinab. Daran hatte ich wirklich nicht gedacht. Ich begann, in meinem Gedächtnis nach einem Fingerzeig zu forschen. Viel gab's da nicht.

»Na ... er hat gesagt, Isstvan würde ihn schicken.«

»Was ist ein Isstvan?«

»Ich weiß nicht ... warte mal. Was meinst du damit, ich könnte die nächste Zielscheibe abgeben?«

»Sauber, was?« Aahz hielt das Goldcape hoch. »Gefüttert und völlig wendbar. Hab mich schon immer gewundert, wieso keiner die Kerle sieht, ehe sie zuschlagen.«

»Aahz ...«

»Hmmm? Oh, ich wollte dir keine Angst machen. Es ist nur so, falls jemand die Jagdsaison auf Zauberer im allgemeinen oder Garkin im besonderen für eröffnet erklärt hat, werden wir vielleicht einigen ... He, was ist das denn?«

»Was ist was?« fragte ich und versuchte, einen Blick auf das werfen zu können, was er gefunden hatte.

»Das«, antwortete er und hielt seine Beute hoch. »Es sieht ganz so aus, als sei ich nicht der einzige Dämon in der Gegend.«

Es war ein Kopf, augenscheinlich der eines Mörders. Er war böse verkohlt, an manchen Stellen trat das Gebein hervor. Meine natürliche Abscheu vor diesem Anblick wurde noch durch einige charakteristische Züge gesteigert. Kinn und Ohren waren unnatürlich spitz, zwei kurze, stumpfe Hörner ragten aus seiner Stirn hervor.

»Ein Teufel!« schrie ich entsetzt.

»Ein was? Ach so, ein Täufler. Nein, der kommt nicht von Tauf. Der stammt aus Imper. Ein Imp. Hat Garkin dir denn überhaupt nichts beigebracht?«

»Was denn?« fragte ich, doch Aahz war wieder in finsteres Brüten über den Kopf versunken.

»Die Frage ist, wer wäre so dummdreist, einen Imp als Mörder zu engagieren? Der einzige, der mir da in den Sinn kommt, wäre Isstvan, aber das ist unmöglich.«

»Aber genau der war es doch. Erinnerst du dich nicht mehr? Ich habe dir doch erzählt ...«

»Ich dachte, du hättest ›Isstvan‹ gesagt.«

»Habe ich doch auch. Warte eine Minute. Was hast du gesagt?«

»Ich sagte Isstvan. Hörst du nicht den Unterschied?«

»Nein«, gab ich zu.

»Hmm, der Unterschied ist wohl zu fein, als daß menschliche Ohren ihn wahrnehmen könnten. Nun, ja. Spielt keine Rolle. Das ändert natürlich alles. Wenn Isstvan wieder mit seinen alten Tricks beginnt, heißt es, keine Zeit zu verlieren. Halt! Warte mal! Was ist das?«

»Eine Armbrust«, erklärte ich.

»Mit Bolzen, die Wärmetaster und panzerbrechende Wirkung haben? Ist das in dieser Welt üblich?«

»Wärmetaster ...«

»Macht nichts, Kerlchen. Ich habe es auch nicht angenommen. Ja, das ist das Ende! Ich werde der Sache besser mal nachgehen.«

Er wollte wieder in das Pentagramm treten. Ich begriff plötzlich, daß er im Aufbruch war.

»He! Warte mal! Was hast du vor?«

»Das zu erklären, würde zu lange dauern. Vielleicht treffen wir uns mal wieder.«

»Aber du hast doch gesagt, ich könnte zur Zielscheibe werden?«

»Tja, so ist es nun mal. Ich werde dir etwas sagen. Lauf weg, vielleicht finden sie dich nicht, bis alles vorüber ist.«

In meinem Kopf drehte sich alles. Die Ereignisse überstürzten sich zu sehr, als daß ich noch einen klaren Gedanken hätte fassen können. Ich wußte immer noch nicht, was oder wer der Dämon war, oder ob ich ihm trauen konnte, aber eines wußte ich genau. Er konnte am ehesten mein Bundesgenosse sein in einer Situation, da ich völlig überrannt war.

»Könntest du mir nicht helfen?«

»Keine Zeit. Ich muß weg.«

»Könnte ich nicht mit dir kommen?«

»Du wärst nur im Weg und würdest womöglich ums Leben kommen.«

»Aber ohne dich werde ich auf jeden Fall umgebracht!«

Ich war nahe am Verzweifeln, doch Aahz blieb ungerührt.

»Wahrscheinlich nicht. Ich will dir was sagen, Kerlchen. Ich muß wirklich abhauen, aber ich werde dir etwas zeigen, womit du meiner Meinung nach überleben kannst. Ich werde dir einen kleinen Trick zeigen, der dir vielleicht ab und zu dienlich ist. Siehst du all das Zeug, das Garkin benutzt hat, um mich den Sprung über die Sperre machen zu lassen? Das ist überhaupt nicht notwendig. Schau genau her, dann zeige ich dir, wie wir es machen, wenn unsere Lehrlinge nicht zusehen.«

Ich wollte schreien, damit er hierblieb und mich anhörte, doch er hatte schon angefangen. Er breitete die Arme in Schulterhöhe aus, sah gen Himmel, holte tief Luft und klatschte dann in die Hände.

Nichts rührte sich.

›Zuverlässiger als die Magik ist nur ein echter Freund!‹
MACBETH

3

Aahz blickte finster drein und wiederholte seine Geste, diesmal ein bißchen schneller.

Alles blieb unverändert.

»Ist irgend etwas nicht in Ordnung?« erkundigte ich mich höflich.

»Das kannst du wohl glauben!« schnauzte Aahz. »Es funktioniert nicht.«

»Bist du sicher, daß du es richtig machst?«

»Genauso sicher wie die letzten 50 Male, als ich es gemacht habe!«

Er klang allmählich etwas verärgert.

Er setzte sich mit übergeschlagenen Beinen in das Pentagramm und begann, unklare Muster auf den Boden zu zeichnen, wobei er düster vor sich hinmurmelte. Ich nutzte die Zeit, um meine wirren Gedanken zu ordnen.

Ich war mir immer noch nicht sicher, ob Aahz selbst eine Gefahr für mich darstellte oder etwa eine Rettungsmöglichkeit aus schlimmerer Gefahr. Ich meine, ich war schon ziemlich sicher, daß er Spaß gemacht hatte, als er davon sprach, mir das Herz herauszureißen, aber so etwas gehört zu den Angelegenheiten, wo man lieber ganz sicher ist. Eines hatte ich jedenfalls begriffen: Daß es in der Magik noch ganz andere Dinge gab als herumschwebende Federn.

»Das muß es sein!«

Aahz war wieder auf den Beinen und starrte Garkins Leichnam an. »Diese Mißgeburt von einem Faultier! Das war doch wirklich ein dummer Scherz. Mehr kann ich dazu gar nicht sagen.«

»Äh, wovon redest du eigentlich, Aahz?«

»Ich rede von Garkin! Er hat mich in diese Lage gebracht. Wenn ich gewußt hätte, daß er so weit geht, hätte ich ihn bei der letzten Gelegenheit in einen Ziegenfisch verwandelt.«

»Aahz ... ich kapiere immer noch nicht ...«

Ich verstummte. Er hat seine Schimpfkanonade beendet und sah mich an. Ich zuckte zurück, ehe ich sein Zähnefletschen als seine Art zu lächeln erkannte. Sein Toben war mir lieber.

»Tut mir leid, Skeeve«, schnurrte er. »Ich fürchte, ich habe mich nicht sehr klar ausgedrückt.«

Mir wurde mit jeder Minute mulmiger zumute. Ich war es nicht gewöhnt, daß irgendwelche Leute, geschweige denn Dämonen, freundlich zu mir waren.

»Paß auf, die Situation ist folgende: Garkin und ich haben einander ... von Zeit zu Zeit Streiche gespielt. Es fing damit an, daß wir zusammen getrunken haben, und er hat mich mit der Rechnung übers Ohr gehauen. Wir haben einander darauf immer in peinliche Situationen gebracht. Es ist wirklich ziemlich kindisch, aber ganz harmlos. Diesmal aber ... Ich meine, es sieht ganz so aus, als sei die Sache ausgeartet. Meinst du nicht auch?«

Er entblößte noch einmal seine Fänge zu einem Lächeln. Ich hätte ihm verdammt gern bei allem zugestimmt, allerdings hatte ich nicht die leistete Idee, wovon er sprach.

»Du hast mir immer noch nicht erklärt, was eigentlich nicht stimmt.«

»Was nicht stimmt, ist, daß diese schleimige Krämerseele meine Kräfte aufgehoben hat!« dröhnte er und vergaß seine Gelassenheit. »Ich sitze fest! Ich kann keinen Finger krumm machen, solange er nicht diesen albernen, großkotzigen Bannspruch von mir nimmt, und das kann er nicht, weil er tot ist! Verstehst du mich nun, du Wicht?«

Ich bildete mir eine Meinung. Sicherer oder nicht, es war mir lieber, wenn er dorthin verschwand, wo er hergekommen war.

»Also, wenn ich irgend etwas tun könnte ...«

»Das kannst du, Skeeve, mein Junge.« Aahz bestand wieder nur aus Schnurren und Lächeln. »Du mußt nicht mehr tun, als unter diesem alten Kessel Dampf zu machen, um den Bann aufzuheben. Dann können wir beide unserer Wege gehen und ...«

»Das kann ich nicht.«

»Also gut, Kerlchen«, sein Lächeln war nun eher gezwungen. »Ich bleibe hier, bis du dich wieder gefangen hast. Wofür sind Freunde schließlich da?«

»Darum geht's mir nicht.«

»Was willst du denn? Blutvergießen?« Aahz' Lächeln war verschwunden. »Wenn du versuchen willst, mich aufzuhalten, dann ...«

»Du verstehst es nicht!« unterbrach ich ihn verzweifelt. »Ich kann das nicht, weil ich es nicht kann! Ich weiß nicht, wie es geht!«

Dies brachte ihn zur Vernunft.

»Hmm. Das könnte natürlich problematisch werden. Weißt du was? Anstatt den Bann hier aufzuheben, wie wär's, wenn du mich in meine eigene Dimension zurückschießt, und ich suche mir dort einen, der ihn aufhebt?«

»Das kann ich auch nicht. Erinnere dich doch, ich habe dir doch gesagt, daß ich noch nie etwas von ...«

»Was kannst du denn *überhaupt*?«

»Ich kann Gegenstände levitieren ... leichte Gegenstände.«

»Und ...«, forderte er mich zum Weitersprechen auf.

»Und ... äh ... eine Kerze zum Brennen bringen.«

»Eine Kerze zum Brennen bringen?«

»Also ... fast.«

Aahz ließ sich schwer in einen Sessel fallen und barg für einige Minuten sein Gesicht in den Händen.

»Kind, hast du in diesem Loch irgend etwas zu trinken?« fragte er schließlich.

»Ich kann dir etwas Wasser holen.«

»Was zum Trinken habe ich gesagt, nicht zum Waschen!«

»Oh. Aber ja.«

Ich beeilte mich, ihm von Garkins kleinem Weinfaß einen Krug abzufüllen in der Hoffnung, er würde nicht bemerken, daß der Becher nicht besonders sauber war.

»Wozu ist das gut? Bringt es dir deine Kräfte zurück?«

»Nein. Aber ich fühle mich danach vielleicht etwas besser.« Er stürzte den Wein in einem Zug hinab und betrachtete verächtlich das Gefäß. »Ist das euer größtes Behältnis?«

Ich suchte mit meinen Augen den Raum ab, doch Aahz kam mir zuvor.

Er stand auf, trat in das Pentagramm und hob den Kessel auf. Ich wußte von meinen früheren Experimenten, daß er entsetzlich schwer war, aber er trug ihn zum Faß, als wiege er gar nichts. Ohne sich erst die Mühe zu machen, den Rest von Garkins Gebräu auszuschütten, füllte er den Kessel bis an den Rand und nahm einen tiefen Zug.

»Ahh! Jetzt geht es schon besser«, seufzte er.

Ich fühlte mich ein wenig unbehaglich.

»Also, Kerlchen«, sagte er und streifte mich mit abschätzendem Blick. »Es sieht so aus, als müßten wir miteinander zurechtkommen. Die Umstände sind nicht ideal, aber damit müssen wir uns nun einmal abfinden. Wir müssen halt in den sauren Apfel beißen und mit den Karten spielen, die auf dem Tisch liegen. Was Karten sind, weißt du doch?«

»Natürlich«, sagte ich leicht verletzt.

»Schön.«

»Von welchem Apfel hast du denn gesprochen?«

Aahz schloß die Augen und hatte gegen irgendeine innere Unruhe anzukämpfen.

»Kerlchen«, sagte er schließlich, »es besteht eine gute Chance, daß diese Partnerschaft einen von uns um den Verstand bringt. Ich fürchte, daß ich das sein werde, wenn du dich nicht dazu entschließen kannst, deine großkalibrigen Fragen nach jedem zweiten Satz aufzugeben.«

»Aber die Hälfte dessen, was du sagst, kann ich überhaupt nicht verstehen.«

»Hm. Ich werde dir etwas sagen. Versuch deine Fragen zu sammeln und sie mir alle auf einmal zu stellen. Einverstanden?«

»Ich werde es versuchen.«

»Gut. Die Situation stellt sich meiner Ansicht nach folgendermaßen. Wenn Isstvan Imps als Killer engagiert ...«

»Was ist ein Imp?«

»Kind, soll ich aus der Haut fahren?«

»Tut mir leid, Aahz. Mach weiter.«

»Also wenn er Imps anheuert und sie mit modernen Waffen ausrüstet, kann das nur bedeuten, daß er auf seine alten Schliche aus ist. Da ich nun aber nicht über meine Kräfte verfüge, kann ich nicht hier weg und Alarm geben. Hier kommst du nun ins Spiel, Kerlchen ... Kerlchen?«

Er sah mich erwartungsvoll an. Ich stellte fest, daß ich mein Elend nicht länger für mich behalten konnte.

»Es tut mir leid, Aahz«, sagte ich mit leiser, kläglicher Stimme, die ich kaum als meine eigene erkannte. »Ich verstehe keinen Funken von dem, was du erzählst.«

Ich merkte plötzlich, daß ich den Tränen nahe war und wandte mich schnell ab, daß er es nicht sehen würde. Da saß ich, Tränen liefen mir die Wangen hinab, focht abwechselnd mit dem Drang, sie wegzuwischen und dem Gedanken, was es mir eigentlich ausmachte, ob ein Dämon mich weinen sah. Ich weiß nicht, wie lange ich so verharrte, eine Hand auf meiner Schulter führte mich jedoch in die Realität zurück, eine kalte, zärtliche Hand.

»He, Junge. Mach dir doch keine Vorwürfe!« Aahz' Stimme klang überraschend mitfühlend. »Es ist doch nicht deine Schuld, wenn Garkin mit seinen Geheimnissen gegeizt hat. Keiner erwartet, daß du etwas gelernt hast, was man dich niemals gelehrt hat, deshalb brauchst du selbst es doch auch nicht zu erwarten.«

»Ich komme mir nur so dumm vor«, sagte ich. »Ich bin's nicht gewöhnt, mir so dumm vorzukommen.«

»Du bist nicht dumm, Kerlchen. Soviel weiß ich. Garkin hätte dich nicht als Lehrling genommen, wenn du dumm wärst. Wenn hier jemand dumm ist, dann bin ich das. Ich habe mich von der Situation so mitreißen lassen, daß ich mich vergessen und mit einem Lehrling wie mit einem ausgebufften Zauberer geredet habe. Das ist wirklich dumm.«

Ich brachte immer noch keine Antwort über die Lippen.

»Nun komm, Kind.« Er schüttelte zart meine Schulter. »Im Augenblick kannst du jedenfalls mehr Magik zustande bringen als ich.«

»Aber du weißt mehr.«

»Aber ich kann es mir nicht zunutze machen. Weißt du, Kerlchen, das bringt mich auf eine Idee. Da der alte Garkin tot ist, sitzt du doch sozusagen auf dem trockenen. Wie wäre es denn, wenn du eine Weile bei mir in die Lehre gingst? Wir beginnen ganz von vorn, als wärst du ein völlig neuer Schüler. Was meinste?«

Trotz meiner düsteren Stimmung stieg meine Laune nun etwas. Wie er sagte, bin ich nicht dumm. Ich weiß, eine Gelegenheit beim Schopf zu fassen.

»Holla, das klingt ja dufte, Aahz.«

»Dann sind wir uns handelseinig?«

»Handelseinig«, sagte ich und streckte die Hand hin.

»Was soll das?« knurrte er. »Genügt dir mein Wort nicht?«

»Aber du hast doch gesagt ...«

»Das stimmt schon. Du bist jetzt mein Lehrling, aber ich laufe nicht rum und schüttele meinen Lehrlingen die Hände.«

Ich zog meine Hand zurück. Es kam mir in den

Sinn, daß diese Beziehung nicht immer das reine Honiglecken sein würde.

»Wie ich schon sagte, in der augenblicklichen Lage müssen wir also folgendermaßen verfahren ...«

»Aber ich habe doch überhaupt noch keinen Unterricht erhalten!«

»Das stimmt. Hier deine erste Lektion: Wenn sich eine Krise abzeichnet, verschwende keine Kräfte in der Bemühung um Informationen oder Fähigkeiten, die du nicht hast. Schau, wie du mit den verfügbaren Mitteln so gut wie möglich zurechtkommst.«

Nun hältst du mal für eine Weile den Mund, während ich dich in die Situation einführe ... Lehrling.«

Ich hielt den Mund und lauschte. Er sah mich einen Augenblick lang an, nickte dann befriedigt, nahm noch einen Zug aus dem Kessel und hob zu sprechen an.

»Du hast eine vage Vorstellung von den anderen Dimensionen, weil ich dir zuvor schon davon erzählt habe. Du hast auch den sichtbaren Beweis, daß Magiker in der Lage sind, Schneisen in die Schranken und Sperren zwischen den Dimensionen zu schlagen. Nun, die verschiedenen Magiker benutzen diese Fähigkeit auf die verschiedenste Weise. Einige, so wie Garkin, benutzen sie lediglich, um ihre Umgebung zu beeindrucken. Es gibt jedoch auch andere, deren Motive so sauber nicht sind.«

Er hielt inne, um wieder einen Schluck Wein zu nehmen. Überraschenderweise hatte ich nicht das Bedürfnis, ihn mit Fragen zu unterbrechen.

»Die Technologie wie auch die Magik ist in den verschiedenen Dimensionen verschieden weit entwikkelt. Einige Zauberer nutzen dies zu ihrem persönlichen Vorteil. Sie sind keine Schausteller, sie sind Schmuggler, die technisches Know-how für Macht und Profit über die Schranken hinweg kaufen und verkaufen. Es gibt eine Reihe ungeschriebener Gesetze, die man den Schmugglerkodex nennt, an den sie sich eng halten. Das ist so etwas wie der Söldnerkodex, nur weniger gewalttätig und profitträchtiger. Beispielsweise besagt ein Artikel dieses Kodex, daß man keine »Invention« in eine Dimension einführen darf, deren Entwicklungsniveau dem der Herkunftsdimension zu weit hinterher ist, man bringt also keine Lenkraketen in eine Langbogen-Kultur oder Laser in eine Steinschloß- und Pulver-Ära.«

Es fiel mir schwer, immer noch den Mund zu halten.

»Wie ich sagte, halten sich die meisten Magiker eng an diesen Kodex, aber ab und zu tritt ein Übeltäter auf. Damit wären wir bei Isstvan.«

Bei dem Namen lief mir ein Frösteln über die Haut. Vielleicht sprach Aahz den Namen doch etwas anders aus.

»Irgendwie hat Isstvan es sich in den Kopf gesetzt, Herrscher über alle Dimensionen zu werden. Er hat dies schon einmal versucht, aber wir haben rechtzeitig Wind davon bekommen und uns zu mehreren zusammengesetzt, um ihm eine angemessene Lektion zu erteilen. Bei dieser Gelegenheit bin ich auch Garkin zum erstenmal begegnet. Ich dachte, er hätte die Sache nach seiner letzten Niederlage aufgegeben. Wir haben ihm sogar ein paar Souvenirs hinterlassen, um sicherzugehen, daß er es nicht vergißt. Und dann kommt es zu dieser Sache hier. Wenn er schon überdimensionale Hilfe anheuert und sie mit technisch hochentwickelten Waffen ausrüstet, dann versucht er es wohl wieder.«

»Versucht was?«

»Wie ich dir gerade sagte, Herrscher der Dimensionen zu werden.«

»Das weiß ich, aber wie? Ich meine, wie kann ihm das, was er in unserer Dimension vollbringt, dazu helfen , die anderen zu beherrschen?«

»Ach das! Nun, jede Dimension verfügt über einen Kräftehaushalt, der in Magik eingebracht oder umgewandelt werden kann. Verschiedene Dimensionen verfügen über unterschiedliche Mengen, und diese Kräfte einer Dimension sind unter die Zahl ihrer Magiker aufgeteilt. Wenn es ihm gelingt, die anderen Zauberer dieser Dimension unter seine Gewalt zu bringen oder zu ermorden, so kann er die gesamte magische Energie benutzen, um eine andere Dimension anzugreifen. Wenn er auch dort erfolgreich ist, so verfügt er über die Macht zweier Dimensionen, um eine dritte zu attackieren und so weiter. Wie du siehst: Je länger er seine Sache durchhalten kann, um so mächtiger wird er, und um so schwieriger ist es, ihm Einhalt zu gebieten.«

»Ich verstehe nun«, antwortete ich aufrichtig erfreut und begeistert über meinen Durchblick.

»Gut. Dann verstehst du auch, warum wir ihm Einhalt gebieten müssen.«

Ich war nicht mehr erfreut und begeistert.

»Wir? Du meinst wir beide? Du und ich?«

»Das ist zwar keine großartige Streitkraft, Kerlchen, aber wie ich schon sagte, wir müssen sehen, wie wir damit zurechtkommen.«

»Aahz«, sagte ich leise ohne aufzublicken. »Sag mir

die Wahrheit. Glaubst du, es besteht eine Chance, daß du mir genügend Magik beibringst, daß wir eine Chance haben, ihn aufzuhalten?«

»Natürlich, Kind. Ich würde es nicht einmal versuchen, wenn wir keine Chance hätten. Vertrau mir!«

Ich war nicht so ganz überzeugt, und nach dem Klang seiner Stimme zu urteilen, er auch nicht.

Sorgfältige Planung ist der Schlüssel
zu einem sicheren und zügigen Reiseverlauf
ODYSSEUS

4

»Hmmm ... nicht gerade ein auf Figur geschneiderter Frack, aber er wird es tun müssen.«

Wir hatten versucht, Aahz in ein paar Kleidungsstücke zu stecken, und er verfolgte die Fortschritte in einem kleinen, dunklen Spiegel, den wir gefunden hatten. Er drehte sich hin und her, um so sein Spiegelbild stückchenweise zu erhaschen.

»Wenn wir vielleicht eine andere Farbe fänden als dieses gräßliche Braun.«

»Was anderes haben wir nicht.«

»Bist du sicher?«

»Völlig. Ich besitze zwei Hemden, beide in Braun. Du trägst das eine, ich das andere.«

»Hmmm ...«, machte er und betrachtete mich sorgfältig. »Vielleicht sähe ich in dem hellbraunen besser aus. Na ja, das können wir später noch diskutieren.«

Ich wunderte mich über die Sorgfalt, die er seinem Äußeren widmete. Ich meine, er konnte doch kaum vorhaben, jemandem zu begegnen. Der Anblick eines grünen, schuppigen Dämons würde die meisten Einheimischen in Aufregung versetzen, egal was er trug. Augenblicklich hielt ich es jedoch für gescheiter, den Mund zu halten und auf seine Schrullen einzugehen.

Die Kleider paßten ihm ziemlich gut. Angesichts seiner langen Arme war das Hemd natürlich ein bißchen knapp in den Ärmeln, jedoch nicht allzusehr, da ich größer war als er und dies das meiste wieder aufwog. Die Hose mußten wir ein wenig abschneiden für seine kürzeren Beine, doch genau wie das Hemd war sie am Rumpf nicht zu eng. Ich hatte die Kleider selbst gemacht, und sie neigten dazu, etwas ausgebeult zu wirken, zumindest wenn ich sie trug. Schneidern ist nicht meine Stärke.

Außerdem trug er Garkins Stiefel, die ihm überraschend gut paßten. Ich hatte da leisen Protest erhoben, bis er mir klarmachte, daß Garkin nichts mehr davon hätte, wir aber wohl. Pragmatismus nannte er das. Situationsgebundene Ethik. Er sagte, solche Prinzipien kämen mir noch gelegen, wenn ich wirklich Magiker werden wollte. Da könnte ich noch viel von ihm lernen.

»He, Kerlchen!« Aahz' Stimme riß mich aus meinen Gedanken. Er schien damit beschäftigt, in den verschiedenen Truhen und Schränken der Hütte zu kramen. »Habt ihr hier denn nichts an Waffen?«

»Ich habe niemals einen Zauberer kennengelernt, der andere Waffen benutzte als seine Zauberkräfte.«

»Tatsächlich? Wie viele hast du denn gekannt?«

»Einen«, gestand ich.

»Donnerwetter! Schau, Kerlchen, wenn der alte Garkin keine Waffen benutzen wollte, dann ist das sein Problem. Ich für meinen Teil möchte welche. Wenn du bitte bemerken willst, Garkin ist tot. Das spricht eher gegen seine Waffenlosigkeit.«

Gegen solche Logik anzukommen war schwer.

»Außerdem«, fügte er hinzu, »wie willst du es mit Isstvan und seiner Bande aufnehmen mit nur deinen Magikkünsten und meiner Aufgewecktheit zu unserem Schutz?«

»Ich werde dir suchen helfen.«

Wir machten uns an die Arbeit, nach Waffen zu wühlen, aber außer der Armbrust, mit der Garkin getötet worden war, fanden wir nicht sehr viel. Eine der Truhen barg ein Schwert mit edelsteinbesetztem Griff, und wir entdeckten zwei Messer, eins mit schwarzem und eins mit weißem Griff, auf Garkins Werkbank. Abgesehen davon fand sich nichts, das auch nur annähernd einem Kampfgegenstand ähnelte. Aahz war nicht gerade vor Freude außer sich.

»Das kann ich nicht glauben. Ein Schwert mit grober Klinge, schlechter Balance und falschen Edelsteinen im Griff und zwei Messer, die seit ihrer Herstellung nicht mehr geschliffen worden sind. Jeder, der Waffen so schlecht pflegt, sollte gespießt werden.«

»Ist er ja auch.«

»Da hast du verdammt recht. Tja, wenn wir nicht mehr haben, müssen wir sehen, wie wir damit klarkommen.«

Er band das Schwert an seine Hüfte, steckte das weiße Messer in seinen Gürtel. Ich dachte, er gäbe mir das andere, statt dessen beugte er sich hinab und versteckte es in seinem Stiefel.

»Bekomm ich keines?«

»Kannst du denn damit umgehen?«

»Nun ...«

Er setzte seine Beschäftigung fort. Ich hatte ein kleines Messer unter meinem Hemd im Gürtel stecken, mit dem ich sonst Kleinwild häutete. Selbst für mein ungeübtes Auge war klar, daß es von besserer Qualität war als die beiden, die Aahz beschlagnahmt hatte. Ich beschloß, es ihn nicht sehen zu lassen.

»Schön, Kerlchen. Wo hat der alte Mann sein Geld aufbewahrt?«

Ich zeigte es ihm. Einer der Steine im Kamin saß lokker, dahinter war ein kleiner Lederbeutel versteckt. Er sah die Münzen, die sich in seiner Hand ergossen, mißtrauisch an.

»Zähl das mal nach, Junge. Kupfer und Silber sind in dieser Dimension nicht allzuviel wert, stimmt's?«

»Nun, Silberwährung hat schon ihren Wert, aber nicht soviel wie Gold.«

»Was soll dann dieses Hühnerfutter? Wo steckt das richtige Geld?«

»Wir hatten niemals viel.«

»Jetzt komm aber ... Ich habe noch nie einen Magiker gekannt, der nicht irgendwo sein Bündelchen Scheine gehabt hätte. Die Tatsache, daß er niemals etwas ausgegeben hat, heißt nicht, daß er keines hatte. Denk nach. Hast du hier niemals etwas aus Gold oder mit Juwelen gesehen?«

»Na, es gibt ein paar solcher Stücke, aber auf ihnen lastet ein Fluch ...«

»Junge, denk doch mal eine Minute nach! Wenn du ein alter Tattergreis wärst, den man in die Tasche stekken kann, wie würdest du denn deine Schätze behüten?«

»Ich weiß nicht.«

»Schrecklich. Ich werd's dir erklären, während wir sie einsammeln.«

In kurzer Zeit hatten wir einen bescheidenen Beutehaufen auf dem Tisch, Dinge, vor denen ich schon lange große Ehrfurcht gehegt hatte. Eine Goldstatue von einem Mann mit Löwenkopf, die Drei Perlen des Kraul, ein Goldanhänger in Sonnenform, an dem drei Strahlen fehlten, und ein Ring mit einem dicken Edelstein, den wir Garkin vom Finger gezogen hatten. Aahz hielt den Sonnenanhänger hoch.

»Das ist ein Beispiel dafür, was ich gemeint habe. Vermutlich gibt es eine Legende, was aus den drei fehlenden Strahlen geworden ist?«

»Also«, hob ich an, »es gab einmal einen verirrten Volksstamm, der eine riesige Schlangenkröte verehrte ...«

»Das kannst du dir schenken. Das ist ein alter Trick. Man bringt sein Gold zu einem Kunsthandwerker und läßt sich eine Gestalt mit vielen kleinen Auswüchsen, Fingern oder Armen herstellen ...« Er hielt den Anhänger empor. »... oder Sonnenstrahlen. Das ist in zweifacher Hinsicht am besten.

Erstens besitzt man nun etwas Mystisches und Übernatürliches, wenn man nun noch eine Geistergeschichte darum rankt, wagt keiner, es anzufassen. Zweitens hat es den Vorteil, daß man einfach nur einen Arm oder einen Strahl abbricht und in den Goldwert umsetzt, wenn man mal schnelles Bargeld braucht. Anstatt jedoch an Wert zu verlieren, steigt der Preis des Stückes aufgrund seiner geheimnisumwobenen Geschichte und der seltsamen Umstände, unter denen es zu Bruch ging, was natürlich alles frei erfunden ist.«

Merkwürdigerweise war ich überhaupt nicht überrascht. Ich fragte mich, ob von all dem, was Garkin mir erzählt hat, auch nur ein Wort wahr war.

»Aber wie kann man ein echtes Stück von einer Fälschung unterscheiden?«

»Garkin hat dir also auch nicht beigebracht, wie man eine Aura sieht. Wenn du dich in eine Tagtraumstimmung versetzt, ohne etwas Bestimmtes zu fixieren, so siehst du die Ausstrahlung, die Aura eines echten Stückes. Die meisten Menschen haben eine Aura, auch manche Plätze. Wie du sehen kannst, ist Garkins Ring das einzige echte Stück. Ich wette, daß er damit auch den Mörder gegrillt hat!«

Er steckte den Rest in einen Beutel.

»Nehmen wir den Ring nicht mit?«

»Weißt du, wie man ihn kontrolliert?«

»Nun ... nein.«

»Ich auch nicht. Das fehlt uns gerade noch, einen Ring mit uns herumzuschleppen, der Feuer spuckt. Besonders, wenn wir nicht wissen, wie man ihn in Gang setzt. Laß ihn liegen. Vielleicht finden ihn die anderen und wenden ihn gegen sich selbst an.«

Er steckte den Beutel in seinen Hosenbund.

»Was für andere?« drängte ich ihn.

»Hm? Oh, die anderen Mörder.«

»Was für andere Mörder?«

Ich versuchte, ruhig zu bleiben, aber das klappte nicht recht.

»Stimmt ja. Du hast das erste Mal mit ihnen zu schaffen, nicht? Ich hätte gedacht, daß Garkin ...«

»Aahz, kannst du mir nicht klipp und klar sagen, was los ist?«

Aber sicher, Kind. Mörder arbeiten niemals alleine. Deshalb scheitern ihre Unternehmungen niemals. Sie gehen in Gruppen von zwei bis acht vor. Vielleicht stecken noch irgendwelche Nachschubteams in der Gegend. Angesichts Isstvans Furcht vor Garkin, wird er meiner Ansicht nach mindestens sechs mit diesem Auftrag ausgesandt haben, vielleicht sogar zwei Gruppen.«

»Du willst also sagen, während du hier mit Klamotten und Schwertern herumgehampelt hast, sind noch mehr Killer unterwegs?«

»Nur die Ruhe, Kind! Das ist ein Nachschubteam. Die warten immer in einiger Entfernung und werden sich frühestens morgen von der Stelle rühren. Das gebietet die Standeshöflichkeit. Sie wollen diesem Kerl hier freie Hand lassen. Außerdem ist es Tradition, daß der Mörder, der die Tat ausführt, den ersten Zugriff auf zufällige Beute hat, die er an Ort und Stelle findet, ehe die anderen anrücken und zu gleichen Teilen offiziell geteilt wird.«

»Woher weißt du eigentlich so viel über Mörder, Aahz?«

»War mal mit einer zusammen ... hübsches Mädchen, aber sie konnte den Mund nicht halten, nicht einmal im Bett. Manchmal frage ich mich, ob es überhaupt einen Beruf gibt, der seine Geheimnisse so streng hütet, wie er sich rühmt.«

»Und was ist daraus geworden?«

»Woraus?«

»Aus deiner Mörderin?«

»Das geht dich nichts an, Kerlchen.« Aahz war plötzlich wieder grob. »Wir haben zu tun.«

»Was machen wir nun?«

»Nun, zuerst beerdigen wir den Imp. Das lenkt die anderen vielleicht von unserer Fährte ab. Mit ein bißchen Glück werden sie denken, er hätte die ganze Beute genommen und wäre damit verschwunden. Es wäre nicht das erste Mal.«

»Nein, ich meine danach. Wir bereiten uns auf eine Reise vor, aber wohin gehen wir?«

»Kind, manchmal machst du mir Sorgen. Das ist nicht einmal Magik. Das ist eine ganz gewöhnliche militärische Aktion für den gesunden Menschenverstand. Als erstes finden wir Isstvan. Zweitens schätzen wir seine Stärke ab. Drittens legen wir unsere Pläne fest, und viertens erledigen wir diese und hoffentlich auch ihn.«

»Hm ... Aahz, könnten wir für eine Minute auf den ersten Punkt zurückkommen? Wohin wollen wir gehen, um Isstvan zu finden?«

Das brachte ihn in die harte Wirklichkeit zurück.

»Weißt du denn nicht, wo er steckt?«

»Ich habe seinen Namen vor dem heutigen Tag noch niemals gehört.«

Wir saßen schweigend da und sahen einander eine lange Weile an.

›Nur das regelmäßige und sorgfältige Training
der martialischen Künste
garantiert ein langes und sicheres Leben‹
CONAN

5

»Ich glaube, ich hab es nun heraus, Kerlchen.«

Mit diesen Worten machte Aahz eine kurze Pause beim Schwertschleifen und inspizierte die Scheide.

»Was heraus?«

»Warum die Menschen auf dieser Welt nur den Umgang mit Waffen oder mit der Magik beherrschen, niemals aber beides ...«

»Und wie kommt es?«

»Zwei Gründe liegen schon einmal klar auf der Hand. Erstens ist es eine Frage der Gewohnheit. Reflexe. Man reagiert auf die Weise, auf die man trainiert ist. Wenn man dich an den Waffen ausgebildet hat,so greifst du im Falle einer Krise zur Waffe. Bist du in Magik ausgebildet, so reagierst du mit Mitteln der Magik. Das Problem besteht nun darin: wenn du beides kannst, so wirst du zögern und versuchen, zu einer Meinung zu gelangen, welches denn einzusetzen wäre, und wirst derweil fertiggemacht. Um diese Schwierigkeit zu umgehen, hat Garkin dich nur in Magik ausgebildet. Wahrscheinlich hat er selbst auch nichts anderes gekonnt.«

Ich dachte darüber nach.

»Das klingt plausibel. Und der andere Grund?«

Er grinste mich an.

»Die Lernkurve. Wenn die Lebenserwartung, die

du mir von dieser Welt angegeben hast, annähernd stimmt, und wenn du ein Beispiel dafür bist, wie schnell die Leute hier lernen, dann habt ihr nur die Zeit, eines von beiden zu erlernen.«

»Ich glaube, die erste Interpretation gefällt mir besser.«

Er kicherte in sich hinein und machte sich wieder daran, sein Schwert zu schleifen.

»He, Kerlchen. Wirf mir doch mal ein Stück Holz zu!«

Ich lächelte vor mich hin und sah mich um. Etwa dreißig Meter entfernt lag ein kleiner Reisigast. Ich streckte einen Finger aus, da flog er auch schon los, schwebte leichthin über die Lichtung und schaukelte vor Aahz in der Luft.

»Nicht schlecht, Kerlchen!« gab er zu. Dann blitzte sein Schwert auf und zerteilte den Ast in zwei Teile, die zu Boden fielen. Er hob eines der Stücke auf und besah sich den Schnitt.

»Hm ... jetzt besteht wohl wieder Hoffnung für dieses Schwert. Warum hast du sie fallen lassen?«

Die letzte Frage galt mir.

»Ich weiß nicht. Wahrscheinlich bin ich erschrokken, als du das Schwert geschwungen hast.«

»Tatsächlich?«

Plötzlich warf er einen Stock nach mir. Ich schrie auf und versuchte mich wegzuducken, er traf mich jedoch schmerzhaft an der Schulter.

»He! Was stellte denn das dar?«

»Nenn es eine praktische Lektion. Du weißt, daß du den Stock beherrschen kannst, weil du das gerade getan hast, als du ihn zu mir schweben ließest. Warum hast du dich also geduckt? Warum hast du ihn nicht mit deiner Magik gestoppt?«

»Ich glaube, auf die Idee wäre ich nie gekommen. Du hast mir nicht viel Zeit zum Nachdenken gelassen.«

»Gut. Dann denk jetzt nach! Diesmal weißt du, daß er kommt.«

Es klappte wieder nicht.

»Sag mal, Aahz, wenn du mir wirklich etwas Selbstvertrauen einflößen willst, wieso ziehst du mir dann jedesmal die Beine weg, wenn ich irgendwo Fuß fassen will?«

»Selbstvertrauen ist etwas Wunderbares, Kind, aber nur, wenn es berechtigt ist. Eines Tages wird unser beider Leben von deinen Fähigkeiten abhängen, und es würde übel für uns ausgehen, wenn du dich die ganze Zeit überschätzt hättest. Jetzt wollen wir uns an die Arbeit machen.«

»Hm ... haben wir denn die Zeit dazu?«

»Immer mit der Ruhe, Kind. Imps sind zwar zäh, aber auf Reisen kommen sie nur langsam voran.«

Unsere Strategie beim Verlassen der Hütte war einfach gewesen. Da wir nicht wußten, in welche Richtung unsere Wanderung gehen sollte, wollten wir den Kraftlinien der Welt folgen, bis wir entweder Isstvan fänden oder auf einen anderen Zauberer stoßen würden, der in der Lage wäre, uns zu ihm zu führen.

Kraftlinien, so erklärte mir Aahz, sind jene Pfade der Welt, entlang denen die Energien am ungehindertsten strömen ... In vieler Hinsicht sind sie sogenannte Magnetfeldern ähnlich. Was immer das nun wieder ist! Nach Aahz' Theorie hatte man Garkin gefunden, indem man diesen Kraftlinien nachgegangen war.

Demnach war es logisch, daß wir Isstvan auf die gleiche Weise ausfindig machen konnten.

»Wie lange glaubst du«, fragte mich Aahz, »wirst du dazu brauchen, genug Magik zu erlernen, um einer Bande von Impmördern standzuhalten, die mit Waffen anderer Dimensionen ausgerüstet sind?«

»Fangen wir an!« forderte ich ihn entschlossen auf.

Er sah sich um und deutete auf einen knorrigen Obstbaum, dessen Früchte der Windschlag weit über die Lichtung verteilt hatte.

»Gut. Hör zu, was ich von dir will. Starr den Himmel an oder betrachte deinen Nabel oder sonst etwas. Wenn ich dir dann zurufe, benutze deine Stärke, um eine der Früchte zu packen und sie mir zuzuwerfen.«

Ich weiß nicht, wie viele Stunden wir mit dieser Übung zugebracht haben. Es ist schwieriger, als es sich anhört, da man seine Kraft von einem festen Standort aus aufbieten muß.

Gerade als ich dachte, ich hätte es nun im Griff, änderte Aahz seine Taktik. Er hatte mich in ein Gespräch verwickelt und mich absichtlich weiterreden lassen, um mich dann mitten im Satz mit seinem Signalruf zu unterbrechen. Es ist wohl kaum nötig zu erwähnen, daß ich schrecklich versagt habe.

»Entspann dich, Kerlchen. Schau, versuch es mal folgendermaßen. Anstatt jedesmal von neuem Kraft zu sammeln, solltest du in deinem Innern einen kleinen Raum schaffen, wo du einige Energie ansammelst.«

Mit dieser kleinen Sonderbelehrung klappte die Übung schon merklich besser.

Schließlich brach Aahz die praktische Sitzung ab und ließ mich ihm bei der Arbeit an den Messern helfen. Das machte mir ziemlichen Spaß. Ich levitierte eine der Früchte und ließ sie um die Lichtung kreisen, bis Aahz sein Messer hineinschleuderte. Als besondere Raffinesse zog ich manchmal das Messer heraus und warf es ihm zurück für einen zweiten Versuch.

»Halt es fest, Skeeve!«

Aahz' Ruf riß mich aus meiner Träumerei. Ohne nachzudenken griff ich mit meinem Geist zu, und … das Messer verharrte mitten in der Luft! Ich blinzelte, hielt es aber fest, und da schwebte es dreißig Zentimeter von der Frucht entfernt, die ebenfalls auf der Stelle stand.

»Hal-lo! Das ist es, Skeeve! Jetzt hast du einen Grund zum Selbstvertrauen!«

»Ich hab's geschafft!« sagte ich und traute meinen Augen nicht.

»Und ob du's geschafft hast! Dieses kleine Zauberkunststückchen wird eines Tages dein Leben retten.«

Anders als sonst ließ ich das Messer zu ihm zurückschweben. Er packte es aus der Luft und steckte es in seinen Gürtel, hielt plötzlich inne und neigte den Kopf zur Seite.

»Und gerade rechtzeitig. Da kommt jemand.«

»Wie kannst du das behaupten?«

»Das ist nichts Besonderes. Mein Gehör ist besser als eure hier alle zusammen. Dreh nicht durch. Es ist kein Imp. Dem Klang nach irgendein Huftier. Wilde Tiere laufen niemals so gerade auf einer Linie und so ohne jeden Schutz.«

»Was meinst du mit ›gerade rechtzeitig‹? Wollen wir uns nicht verstecken?«

»Diesmal nicht.«

Er grinste mich an. »Du entwickelst dich schnell. Es

ist an der Zeit, daß du einen neuen Zauber lernst. Es stehen uns ein paar Tage zur Verfügung, ehe wer immer es auch ist, hier ankommt.«

»Tage?«

Aahz gewöhnte sich rasch an unsere Dimension, die Zeiteinheiten machten ihm jedoch noch Schwierigkeiten.

»Sag mir noch mal eure Einheiten«, befahl er brummelnd.

»Sekunden, Minuten, Stunden ...«

»Minuten. Wir haben noch ein paar Minuten!«

»Minuten! Ich kann doch einen neuen Zauber nicht in ein paar Minuten lernen!«

»Klar kannst du. Der ist leicht. Alles was du zu tun hast, ist meine Züge so zu verkleiden, daß ich wie ein Mensch aussehe.«

»Und wie mache ich das?«

»Genau wie alles andere, mit deinem Denken. Zuerst schließ die Augen ... mach sie zu ... so, nun stell dir ein anderes Gesicht vor ...«

Das einzige, das mir einfiel, war das von Garkin, also stellte ich mir die beiden Gesichter nebeneinander vor.

»Nun schieb das andere Gesicht über das meine ... und laß die Züge verfließen und bilde die richtigen heraus. Wie aus Ton ... behalte das in deinem Kopf und öffne wieder die Augen.«

Ich sah hin und war enttäuscht.

»Es hat nicht funktioniert!«

»Klar hat es das.«

Er sah in den dunklen Spiegel, den er aus seinem Beutel gezogen hatte.

»Aber du hast dich nicht verändert!«

»Doch, das habe ich. Du kannst es nicht sehen, weil du den Zauber bewirkt hast. Es ist ja ein Trugbild, und da du die Wahrheit weißt, wirst du nicht getäuscht, wohl aber jeder andere. Garkin, wie? Na, das wird es vorläufig tun.«

Der Reiter war nun in Sichtweite. Es war ein großer, muskulöser Mann, der nach einem Krieger aussah. Dieser Eindruck wurde noch durch das riesige Schlachteinhorn verstärkt, das er vollbeladen mit Waffen und Rüstungen ritt.

»He, Aahz. Sollten wir nicht ...«

»Locker bleiben, Kind. Paß auf.«

Er trat nach vorn und hob den Arm.

»Sei gegrüßt, Fremder! Wie weit ist es zur nächsten Stadt?«

Der Mann drehte sein Einhorn zu uns her. Er hob den Arm zum Gruß. Als er auf halber Höhe war, erstarrte er jedoch. Er beugte sich vor, blinzelte Aahz argwöhnisch an und zuckte dann entsetzt zurück.

»Bei den Göttern! Ein Dämon!«

›Beachtung von Einzelheiten heißt die Parole, will man ahnungslosen Zeugen Informationen entlocken‹
INSPEKTOR CLEUSEAU

6

Das Entsetzen versteinerte den Krieger jedoch nicht lange.

Ganz im Gegenteil! Kaum hatte er seine Entdekkung gemacht, bereitete er auch schon Taten vor.

Merkwürdigerweise bestanden sie darin, sich in seinem Sattel zurückzulehnen und hektisch in einer seiner Satteltaschen zu wühlen, eine ausgesprochen kitzlige Situation.

Aahz tat einen Satz nach vorn, stieß einen Schrei aus und fuchtelte mit den Armen vor dem Gesicht des Einhorns herum. Als vernünftige Kreatur wieherte das Einhorn, bäumte sich empor und warf den Krieger ab.

»Bei den Göttern!« keifte dieser und versuchte, sich aus dem wenig eleganten Rüst- und Waffenhaufen zu befreien. »Ich habe Leute schon aus geringeren Anlässen umgebracht!«

Ich kam zu dem Schluß, wollte man eine solche Drohung abwehren, so mußte ich die Angelegenheit selber in die Hand nehmen. Ich packte mit meinem Denken einen faustgroßen Stein und schleuderte ihn kräftig an die unbehelmte Stirn. Der Mann ging wie ein abgeschlachteter Stier zu Boden.

Lange Zeit betrachteten Aahz und ich den niedergestürzten Mann und versuchten, wieder zu Atem zu kommen.

»›Nur mit der Ruhe, Skeeve! Das wird leicht sein, Skeeve! Vertrau auf mich, Skeeve!‹ Junge, Junge, Aahz, wenn du schon mal einen Zauber versaust, dann aber so, daß es sich lohnt, was?«

Er kramte wieder in seinem Beutel.

»Halt die Klappe, Kleiner!«

»Ich will nicht die Klappe halten, ich will wissen, was mit dem ›narrensicheren‹ Zauberspruch los ist, den du mir beigebracht hast.«

»Ich habe mich selbst schon gefragt.« Er zog wieder den Spiegel hervor und spähte hinein. »Ich will dir was sagen, Kerlchen. Überprüf du mal seine Aura und achte auf Ungewöhnliches!«

»Seine Aura! Sie ist rötlich-gelb, aber auf seiner Brust ist ein blauer Fleck.«

»Dachte ich mir's doch!« Aahz war mit einem Satz auf der anderen Seite der Lichtung und kauerte sich neben den Mann wie eine beutemachendes Tier.

»Schau dir das an!«

An einem Riemen um den Hals des Mannes hing ein silbernes Amulett in der Form eines Salamanders mit einem Auge auf der Stirn.

»Was ist das?«

»Ich bin mir nicht sicher, aber ich habe eine Idee. Spiel mit, was ich gleich vorführen werde. Aber nimm zuerst den Zauber von mir.«

»Welchen Zauber?«

»Komm, Kind, wach mal auf. Den Zauber, der mein Gesicht verändert.«

Mit einem Seufzer schloß ich die Augen und tat wie geheißen.

»Was nun?«

Wie zur Antwort stöhnte der Krieger und setzte sich auf. Er schüttelte den Kopf und schlug die Augen auf. Sein Blick fiel auf Aahz, worauf er blinzelte, wieder hinsah und nach seinem Schwert faßte, um festzustellen, daß es weg war. Ebenso fehlten sein Dolch und seine Streitaxt. Offensichtlich war Aahz in der Zeit, da ich den Zauber aufgehoben hatte, nicht untätig gewesen.

»Bleib ruhig, Fremder! Die Dinge sind nicht, wie sie scheinen mögen.«

Der Mann sprang auf die Beine und nahm eine Kampfstellung mit geballten Fäusten an.

»Hüte dich, Dämon!« ließ er mit dumpfer Stimme vernehmen. »Ich habe noch andere Waffen.«

»Tatsächlich? Nenn mal ein paar. Aber wie schon gesagt, bleib ruhig. Zu allererst: ich bin kein Dämon.«

»Weißt du, Dämon, daß dieses Amulett mir die Fähigkeit verleiht, jeden Zauber zu durchschauen und dich zu sehen, wie du wirklich bist?«

Das war es also! Sofort durchströmte mich wieder Vertrauen in meine Kräfte.

»Freund, auch wenn du mir nicht glauben magst, der Anblick dieses Talismans erfüllt mich mit Freude, setzt er mich doch in die Lage, dir zu beweisen, was ich sagen will.«

»Verschwende deine Lügen nicht an mich. Deine Verkleidung ist durchschaut! Du bist ein Dämon!«

»Richtig. Könntest du mir einen kleinen Gefallen tun?« Aahz saß gemütlich im Schneidersitz auf der Erde. »Könntest du das Amulett einen Augenblick abnehmen?«

»Es abnehmen?« Einen Augenblick lang war der Mann verwirrt, doch er sammelte seine Sinne schnell wieder. »Nee, Dämon. Du willst mich überlisten, mein Amulett abzunehmen, damit du mich töten kannst!«

»Schau mal, Dummchen. Wenn wir dich hätten töten wollen, so hätten wir das doch bequem tun können, als du k. o. geschlagen warst!«

Zum ersten Mal schienen den Mann Zweifel zu erfüllen.

»Das ist wirklich wahr.«

»Könntest du mir dann einen Augenblick den Gefallen tun und dein Amulett abnehmen?«

Der Krieger zögerte, dann zog er langsam die Kette

ab. Er sah Aahz entschlossen an, und sein Blick verfinsterte sich.

»Das ist ja seltsam. Du siehst immer noch wie ein Dämon aus!«

»Stimmt, doch laß dir jetzt eine Frage stellen. Habe ich recht in der Annahme, daß du einige Kenntnis über Dämonen besitzt?«

»Seit über fünfzehn Jahren bin ich nun Dämonenjäger«, erklärte er stolz.

»Ach ja?« Eine Weile befürchtete ich, Aahz würde den ganzen Auftritt kippen, doch er bekam sich wieder unter Kontrolle und fuhr fort.

»Dann sag mir, Freund! Bist du mit deiner langen Erfahrung jemals einem Dämon begegnet, der wie ein Dämon ausah?«

»Natürlich nicht! Sie benutzen stets ihre Magik, um sich zu tarnen.«

Der war aber gut über Dämonen informiert!

»Dann beweist das doch meine Behauptung!«

»Welche Behauptung?«

Ich dachte einen Augenblick, Aahz würde ihn an den Schultern packen und schütteln. Es kam mir in den Sinn, daß Aahz' subtile Argumente in dieser Welt vielleicht etwas vergeudet wären.

»Laß es mich mal versuchen, Aahz. Schaut, Herr! Er will sagen, wenn er ein Dämon wäre, sähe er nicht wie einer aus, da er aber so aussieht, ist er auch keiner.«

»Oh«, entfuhr es dem Mann, der plötzlich begriff.

»Jetzt hast du mich ganz aus dem Konzept gebracht«, brummelte Aahz.

»Aber wenn du kein Dämon bist, warum siehst du dann so aus?«

»Ach!« seufzte Aahz. »Das ist ja das ganze Problem.

Weißt du, auf mir lastet ein Fluch. Ich bin Dämonenjäger wie du. Genau gesagt, ein ziemlich erfolgreicher. Habe mir auf dem Gebiet einen ganz schönen Namen gemacht.«

»Ich habe noch nie von dir gehört«, grummelte der Mann.

»Wir ja auch nicht von Euch«, warf ich ein.

»Ihr wißt ja gar nicht, wie ich heiße!«

»Oh, tut mir leid.« Ich rief mir meine guten Manieren ins Gedächtnis. »Das ist ... Dämonenjäger Aahz, und ich bin Skeeve.«

»Freut mich, euch kennenzulernen. Ich bin unter dem Namen Ganzfix bekannt.«

»Wenn ich nun fortfahren könnte ...«, meldete sich mein neuer Meister.

»Entschuldige, Aahz!«

»Also wie ich sagte, gemäß meinem nie dagewesenen Erfolg genoß ich ein gewisses Renommé bei den Dämonen. Jedenfalls als ich gerade einem Dämonen, einem besonders widerwärtigen Geschöpf, den Todesstoß versetzen wollte, erschrak ich, als er mich mit meinem Namen nennen wollte. ›Aahz‹, machte er. ›Ehe du zuschlägst, wisse, daß dies das Ende deiner Laufbahn ist!‹ Natürlich lachte ich darüber, denn ich war schon mit gewaltigeren Dämonen als ihm und manchmal mehreren auf einmal fertig geworden. ›Lach nur‹, dröhnte er, ›doch eine Geheimkonferenz der Dämonen hat mich bevollmächtigt, dich zu erledigen. Ob du mich umbringst oder nicht, du bist dazu verdammt, das gleiche Ende zu nehmen, das du so vielen von uns zugefügt hast.‹ Ich habe ihn natürlich abgemurkst in der Meinung, daß er bluffte, doch mein Leben ist seither nicht mehr das gleiche.«

»Warum nicht?«

»Wegen des Fluchs! Als ich zu meinem Pferd zurückkehrte, hat mein teurer Knappe nur einen Blick auf mich geworfen, ehe er wie tot daniedersank.«

»Stimmt ja gar nicht! Ich meine ... es lag an der Hitze.«

»Natürlich, Skeeve.« Aahz zwinkerte verstohlen in Ganzfixens Richtung.

»Jedenfalls stellte ich bald zu meinem Schrecken fest, daß der Dämon einen Fluch über mich verhängt hatte, ehe er sein Leben aushauchte, nach dem ich vor aller Welt wie ein Dämon aussah. Ich, der stolzeste Dämonenjäger, nun selbst von meinen Mitmenschen gehetzt! Ich bin gezwungen, mich wie ein Tier hier zu verbergen, und nur mein Sohn leistet mir Gesellschaft.«

»Du sagtest doch, er sei dein Knappe.«

»Das auch! Ach, Ironie des Schicksals!«

»Tja, das ist hart. Ich wollte, ich könnte irgendwie helfen.«

»Vielleicht kannst du das.« Aahz lächelte einnehmend.

»Äh ... wie denn? Ich bin doch nur ein Dämonenjäger.«

»Genau deshalb köntest du ja von Nutzen sein. Siehst du, alle paar Augenblicke heften sich uns irgendwelche Dämonen auf die Fersen. Da kommt es mir in den Sinn, daß wir uns doch gegenseitig nützlich sein könnten. Wir können dir Beute liefern, und du könntest uns deinerseits von dem Geschmeiß befreien.«

»Ich weiß nicht recht. Ich habe schon einen Auftrag, und normalerweise übernehme ich keinen neuen Fall, ehe der alte nicht abgeschlossen ist. Der Unwissende könnte sonst meinen, ich habe es mit der Angst zu tun bekommen oder sonst etwas. Das schadet dem Ruf.«

»Das würde kein Hindernis darstellen«, fuhr Aahz fort. »Es ist ja nicht so, als müßtest du alles stehen- und liegenlassen und von deiner Fährte abweichen. Du brauchst nur hier zu warten, dann tauchen sie schon auf.«

»Warum sind sie denn hinter euch her?«

»Ein übler Magiker hat sie uns auf den Hals gehetzt, nachdem ich dumm genug war, ihn um Hilfe zu bitten. Der Fluch, weißt du.«

»Ja, natürlich ... warte mal. War der Name des Zauberers zufällig Garkin?«

»In der Tat. Wieso? Kennst du ihn?«

»Nun, er ist Gegenstand meines Auftrags. Ihn soll ich umbringen.«

»Warum?« fragte ich. »Garkin ist doch kein Dämon.«

»Aber er macht gemeinsame Sache mit Dämonen, Kerl!«

Aahz warf mir einen warnenden Blick zu.

»Das genügt einem Dämonenjäger. Stimmt's, Ganzfix?«

»Stimmt. Merk dir das, Bürschchen!«

Ich nickte ihm heftig zu. Die ganze Begegnung begann mich allmählich nervös zu machen.

»Wo hast du denn von Garkin gehört, Ganzfix?« fragte Aahz beiläufig.

»Das war schon ziemlich komisch: von einem Herbergswirt ... Isstvan hieß er, glaub ich ... ein eigentümlicher, aber ganz aufrichtiger Bursche. Etwa drei Wochenritte zurück ... Aber wir sprachen von eurem

Problem. Also gut«, beschloß Ganzfix. »Ich werde euch bei eurem Kampf helfen.«

»Das wäre prima bis auf eines. Wir werden nicht dasein.«

»Warum nicht? Ich meine, ein Dämonenjäger sollte jede Chance nutzen, zuzuschlagen.«

»Wenn wir hier wären, würden sie nicht kämpfen«, erklärte Aahz vornehm. »Wie ich schon sagte, habe ich bei Dämonen einen gewissen Ruf. Wenn sie mich sähen, würden sie einfach die Flucht ergreifen.«

»Offen gesagt, fällt das schwer zu glauben«, meinte Ganzfix.

Ich neigte dazu, ihm recht zu geben, hielt aber meinen Mund.

»Nun, ich muß zugeben, daß ihre Abneigung zu kämpfen etwas mit ihrer Angst vor meinem Zauberschwert zu tun hat.«

»Zauberschwert?«

»Ja.« Aahz tätschelte das Schwert an seiner Hüfte. »Diese Waffe gehörte einst dem berühmten Dämonenjäger Alfons Di Clario.«

»Noch nie von ihm gehört.«

»Noch nie von ihm gehört? Und du willst wirklich ein Dämonenjäger sein? Nun, der Mann hat mit diesem Schwert über zweitausend Dämonen den Tod gebracht.«

»Wie starb er denn?«

»Wurde von einer asiatischen Tempeltänzerin erstochen. Schreckliche Sache.«

»Ja, die sind ziemlich fies. Aber was das Schwert betrifft, funktioniert es denn?«

»So gut wie jedes andere Schwert auch, ein bißchen kopflastig vielleicht, aber ...«

»Nein. Ich meine der Zauber. Wirkt er?«

»Ich kann bezeugen, daß noch kein Dämon mich umgebracht hat, seit ich es benutze.«

»Und Dämonen erkennen es tatsächlich und ergreifen die Flucht vor dem Besitzer?«

»Genau. Natürlich hatte ich seit Jahren schon keine Gelegenheit mehr, es zu benutzen. War viel zu sehr damit beschäftigt, etwas gegen den Fluch zu unternehmen. Manchmal wollte ich es verkaufen, aber wenn ich jemals wieder ins Geschäft komme, wäre es eine große Hilfe, um meinen Ruf wiederherzustellen ...«

Ich begriff plötzlich, worauf Aahz hinauswollte. Ganzfix stürzte sich auf den Köder wie eine hungrige Stachelschildkröte.

»Hm ...«, machte er. »Ich werde dir etwas sagen. Um einem Jagdfreund aus der Patsche zu helfen, nehm ich es dir für fünf Goldstücke ab.«

»Fünf Goldstücke! Du machst wohl Witze! Ich habe dreihundert dafür bezahlt! Ich kann es dir unmöglich für weniger als zweitausend überlassen.«

»Nun, dann kann ich nicht mithalten. Ich habe nur fünfzig Goldstücke bei mir.«

»Fünfzig?«

»Ja. Ich nehme auf Reisen niemals mehr als ...«

»Aber andrerseits sind die Zeiten schwerer geworden, und wenn du es benutzt, um die Feinde abzuwehren, die den Fluch über mich verhängt haben ... Nun gut, ich glaube, ich könnte es dir für fünfzig Goldstücke geben.«

»Aber das ist mein ganzes Geld.«

»Ja, schon, aber was nützt dir ein dicker Beutel, wenn du von Dämonen in Stücke gerissen wirst?«

»Das stimmt auch wieder. Laß mal sehen.«

Er nahm die Klinge, schätzte sie ab und führte ein paar Probestreiche.

»Schiefe Balance.« Er schnitt eine Grimasse.

»Daran gewöhnt man sich.«

»Mieser Stahl«, erklärte er und schielte argwöhnisch auf die Schneide.

»Aber gut scharf.«

»Ja, mein Lehrer hat immer gesagt, ›Sorge gut für dein Schwert, so sorgt es gut für dich!‹«

»Wir haben wohl den gleichen Lehrer gehabt.«

Die beiden lächelten einander an. Ich fühlte mich ein wenig flau im Magen.

»Trotzdem, ich weiß nicht recht. Fünfzig Goldstücke sind eine ganze Menge.«

»Sieh dir doch bloß die Steine im Griff an.«

»Hab ich schon. Fälschungen.«

»Weit gefehlt! Sie sollen wie Fälschungen aussehen. Damit nicht jeder ihren Wert erkennt.«

»Das ist saubere Arbeit. Was für Steine sind es?«

»Schmussteine.«

»Schmussteine?«

»Ja, Sie sollen einem angeblich die Chancen bei den Damen erhalten, wenn du verstehst, was ich meine.«

»Aber fünfzig Goldstücke ist alles, was ich besitze.«

»Ich will dir was sagen. Gib 45 Goldstücke und dein Schwert dazu.«

»Mein Schwert?«

»Natürlich. Dieses Prachtstück wird für dich Sorge tragen, und dein Schwert tut das Seine, daß mein Knappe und ich nicht schutzlos durch dieses garstige Land gehen.«

»Hmm. Das kommt mir ziemlich fair vor. Ja, ich glaube, du hast einen Handel gemacht, Freund.«

Sie schüttelten sich feierlich die Hände und begannen, das Geschäft zu tätigen. Ich nutzte die Gelegenheit, um einzugreifen.

»Es ist ein Jammer, daß wir uns so schnell verabschieden müssen.«

»Warum so schnell?« Der Krieger war verwirrt.

»Es besteht keinerlei Grund zur Eile«, beruhigte Aahz ihn und versetzte mir einen kräftigen Rippenstoß.

»Aber Aahz, wir wollten doch vor Sonnenuntergang noch ein Stück weiter kommen, und Ganzfix muß sich auf die Schlacht vorbereiten.«

»Wie vorbereiten?« wollte Ganzfix wissen.

»Euer Einhorn«, fuhr ich hartnäckig fort. »Wollt Ihr das nicht wieder einfangen?«

»Mein Einhorn! Meine ganze Rüstung ist auf dem Tier!«

»Es ist sicher nicht weit gelaufen ...«, brummte Aahz.

»In der Gegend treiben sich Banditen herum, denen nichts besser zu Paß käme, als sich ein gutes Schlachteneinhorn anzueignen.« Ganzfix rappelte sich hoch. »Und ich brauche es an meiner Seite, um gegen die Dämonen zu kämpfen. Ja, ich muß weg. Ich danke euch für eure Hilfe, meine Freunde. Gute Reise, bis wir uns wiedertreffen.« Er verschwand mit einem leichten Winken in den Wäldern und pfiff nach seinem Reittier.

»So, und was soll der ganze Quatsch?« ging Aahz wütend hoch.

»Was, Aahz?«

»Der Sturmangriff, um ihn loszuwerden. Dem hätte ich noch die Hose oder was er sonst Vernünftiges hatte, vom Leib reden können. Vor allem wollte ich das Amulett haben.«

»Ich wollte ihn grundsätzlich von hinten sehen, ehe er auf den schwachen Punkt von deiner Geschichte kommt.«

»Was, den Sohn-Knappen-Lapsus? Den hätte er nie ...«

»Nein, den anderen.«

»Welchen anderen?«

Ich seufzte.

»Schau, er hat deine Tarnung durchschaut, weil sein Amulett ihn Tarnungen durchschauen läßt ... Richtig?«

»Richtig. Und ich habe ihm erzählt, ich sei das Opfer eines Dämonenfluches ...«

»... der dein Aussehen durch einen Bannspruch verändert. Wenn er aber Sprüche durchschauen kann, dann hätte er dich doch zuerst als richtigen Menschen sehen müssen. Richtig?«

»Hm ... Vielleicht sollten wir uns nun besser auf den Weg machen, da wir jetzt wissen, wo Isstvan steckt.«

Ich war jedoch nicht bereit, meinen kleinen Triumph so wenig auskosten zu können.

»Sag mal, Aahz. Was würdest du machen, wenn du einmal so einem cleveren Dämonenjäger wie mir begegnen würdest?«

»Das ist ganz einfach.« Er lächelte und tätschelte die Armbrust. »Ich würde ihn umbringen. Denk mal darüber nach.«

Das tat ich denn auch.

›Gibt es auf der Welt etwas Schöneres und Sichereres als die reine Vielfalt eines Spinnennetzes?‹
PETER PARKER

7

Die Vorstellung, Energien von einem entfernten Ort abzuziehen und sie zu beherrschen, wäre mir unmöglich erschienen, hätte Aahz mich nicht darauf hingewiesen, daß dies nichts anderes war als die Kerzenübung, die ich schon gemeistert hatte. Jetzt scheint es mir nicht mehr unmöglich, nur noch schwierig.

Ich konzentrierte mich und streckte meine erhobene Hand aus, bis das Licht, das von den fünf Fingern ausging, eine Art Pentagramm bildete, ähnlich jenem, das Garkin auf den Boden unserer Hütte gezeichnet hatte.

»Setz dich jetzt, Kerlchen, und iß deinen Echsenvogel zu Ende.«

Den Wald selbst hatten wir nun hinter uns gelassen, doch trotz der nahen Landstraße gab es reichlich Wild, das auch zur Genüge in meine Fallen ging. Aahz wollte mir bei den Mahlzeiten immer noch nicht Gesellschaft leisten, da er die Meinung vertrat, Alkoholika seien die einzig konsumierbaren Dinge dieser Dimension, so daß ich häufig und fürstlich aß.

»Weißt du, Kerlchen«, sagte er und sah vom endlosen Schwertschleifen hoch, »du kommst wirklich gut mit deinen Studien voran.«

»Wie meinst du das?« murmelte ich zwischen einem Knochen hervor und hoffte, er würde sich noch ein wenig über das Sujet auslassen.

»Du bist mit der Magik schon viel vertrauter. Aber du solltest besser auf die Beherrschung achten. Du hast gerade bei dem Pentagramm so viel Energie freigesetzt, daß du alles versengt hättest, was in die Quere gekommen wäre.«

»Ich glaube, ich mach mir noch Sorgen wegen der Mörder.«

»Nur die Ruhe, Kerlchen. Es ist nun drei Tage her, daß wir ihnen Ganzfix im Hinterhalt aufgebaut haben. Selbst wenn er sie nicht aufhalten würde, könnten sie uns nie mehr einholen.«

»Hätte ich wirklich so viel Kraft herbeigerufen?« drängte ich, um mehr Lob zu hören.

»Bis du voll in der Magik drin bist, sind Schutzwälle nur als Warnsignal einzusetzen. Wenn du sie zu sehr auflädst, kann das zwei mögliche unangenehme Nebenwirkungen haben. Erstens kann man ungewollte Aufmerksamkeit auf sich ziehen, wenn sich ein unschuldiger Passant, der in die Wälle läuft, verbrennt. Wenn der Wall aber tatsächlich an einen gegnerischen Zauber heranreicht, so wird es ihn nur warnen, anstatt ihn aufzuhalten.«

»Ich dachte, es wäre eine gute Sache, wenn ich große Kräfte aufbieten kann.«

»Schau, Kind. Das ist kein Spiel. Du zapfst da gewaltige Energien an. Die Aufgabe besteht darin, deine Kontrolle über sie zu stärken, nicht zu sehen, wieviel du davon freisetzen kannst. Wenn du zu sorglos damit umgehst, bist du vielleicht hilflos, wenn der wirkliche Angriff stattfindet.«

»Oh«, machte ich, wenig überzeugt.

»Tatsache ist, wenn du dich jetzt überforderst, wirst du nicht einmal in der Lage sein, das zu vollbringen, was du jetzt schon kannst. Unterschätze nie, was du besitzt und was du tust. Im Augenblick tastest du die Kräftelinie ab, hältst die Schutzwälle aufrecht und meine Tarnung intakt. Das ist für jemand mit deinem Kenntnisstand eine ganze Menge gleichzeitig. Wenn nun etwas passierte, welche von den drei Aufgaben würdest du zuerst fallen lassen?«

»Äh ...«

»Zu spät. Wir sind schon tot. Du wirst keine Zeit mehr haben, Energieprobleme zu wälzen. Deshalb mußt du dir immer etwas für aktuelle Zwischenfälle aufheben, wenn du Kräfte aus anderen Tätigkeiten sammelst. Verstehst du jetzt?«

»Ich glaube schon, Aahz«, antwortete ich zögernd. »Ich bin ein bißchen müde.

»Na? denk darüber nach. Schlaf mal vorläufig und versuche, Energien anzusparen. Die Wegsuche kannst du nun ruhen lassen bis morgen. Im Augenblick wäre das eine sinnlose Übung.«

»In Ordnung, Aahz. Und was ist mit deiner Tarnung?«

»Hm ... behalte die besser bei. Es wird eine ganz gute Übung für dich sein, das und die Schutzwälle im Schlaf aufrechtzuerhalten. Da wir gerade davon reden ...«

»Ich schlafe ja schon.«

Ich zog den erbeuteten Mörderumhang über mich und kuschelte mich zusammen. Trotz seines barschen Auftretens bestand Aahz darauf, daß ich ausreichend Schlaf und zu essen bekam.

Das Einschlafen fiel mir jedoch schwer. Die Schutzwälle machten mir zu schaffen.

»Aahz?«

»Ja, Kind?«

»Wie kommen meine Kräfte jetzt gegen die Teufel an, was meinst du?«

»Was für Teufel?«

»Die Mörder, die hinter uns her sind.«

»Ich habe es dir doch schon einmal gesagt. Das sind keine Täufler, es sind Imps.«

»Was ist denn der Unterschied?«

»Ich habe dir doch schon erklärt, Imps kommen von Imper und Täufler ...«

»... von Tauf. Aber was heißt das? Ich meine, sind ihre Kräfte unterschiedlich oder was?«

»Das kannst du wohl glauben, Junge. Täufler, wie deine Teufel korrekt heißen, gehören zu den gemeinsten Typen. Mit denen will man niemals zu tun haben. Sie sind wohl mit die gefürchtetsten Charaktere der Dimensionen.«

»Sind sie Krieger? Söldner?«

Aahz schüttelte den Kopf.

»Schlimmer!« antwortete er. »Es sind Kaufleute.«

»Kaufleute?«

»Grins nicht so spöttisch, Kerlchen. Vielleicht ist der Begriff zu harmlos, um sie zu beschreiben. Überspekulanten käme vielleicht eher hin.«

»Erzähl mir mehr darüber, Aahz!«

»Also, Geschichte war nie meine Stärke, aber soviel ich weiß, stand die ganze Taufdimension einmal vor dem Untergang. Eine Seuche verbreitete sich, die die Elemente vergiftete. Die Fische konnten nicht mehr in ihren Ozeanen leben, die Pflanzen nicht mehr auf ihrem Grund und Boden gedeihen. Jene, die noch wuchsen, waren verkümmert und verkrüppelt und vergifteten die Tiere. Die Dimension konnte das Leben ihrer Bewohner nicht mehr aufrechterhalten.«

Ich lag auf dem Rücken und starrte zu den Sternen empor, während Aahz weitersprach.

»Die Reisen in andere Dimensionen, zuvor ein kühner Zeitvertreib, wurden nun zum Schlüssel des Überlebens. Viele verließen Tauf und zogen allein oder in Gruppen zu anderen Dimensionen. Die Erzählungen ihres verfluchten, elenden Heimatlandes dienten vielen religiösen Gruppen als Grundlage zur Darstellung einer Nachwelt für böse Seelen.

Jene, die blieben, beschlossen jedoch die Möglichkeiten der Dimensionsreise anderweitig zu nutzen. Sie installierten sich als Händler und schacherten und feilschten auf ihren Reisen mit den Wundern der Dimensionen. Was in der einen Dimension geläufig ist, kennt man in der anderen kaum. Mit der Zeit wurden sie so reich und mächtig ... und die ausgebufftesten Pfennigfuchser aller Dimensionen.«

»Und die Imps?«

»Die Imps.« Aahz sprach das Wort aus, als habe es einen üblen Beigeschmack. »Die Imps sind den Täuflern in jeder Beziehung unterlegen.«

»Wie das?«

»Sie sind billige Imitationen. Ihre Dimension, Imper, liegt direkt neben Tauf, und die Täufler schließen so viele Geschäfte mit ihnen ab, daß sie vor lauter ›Guten Gelegenheiten‹ schon bald bankrott sind. Um sich dabei schadlos zu halten, sind die Imps dazu übergegangen, die Täufler nachzuäffen, indem sie Wunderdinge in den Dimensionen verkaufen. Dem Unkundigen kommen sie vielleicht schlau und mächtig vor; sie versuchen sogar manchmal, sich als Täufler auszugeben. Mit ihren Vorbildern verglichen sind sie jedoch alberne Stümper.«

Er verstummte. Ich ließ mir seine Worte durch den Kopf gehen und stieß dabei auf eine andere Frage.

»Sag mal, Aahz!«

»Hm. Ja. Kerlchen?«

»Von welcher Dimension stammst du eigentlich?«

»Aus Perv.«

»Bist du dann ein Perverser?«

»Nein. Ein Perfekter. Sei nun still.«

Ich nahm an, er wollte, daß ich einschlief und hielt einige Minuten lang den Mund. Eine Frage mußte ich aber unbedingt noch stellen, sonst konnte ich überhaupt nicht schlafen.

»Aahz?«

»Nun gib mal Ruhe, Kind.«

»Welche Dimension ist das hier?«

»Hm? Das ist Klah. Und jetzt zum letztenmal, sei still!«

»Was bin ich denn dann, Aahz?«

Ich bekam keine Antwort.

»Aahz?«

Ich rollte mich herum. Er starrte in die Dunkelheit und lauschte aufmerksam.

»Was ist?«

»Ich glaube, wir haben Gesellschaft bekommen, Kerlchen.«

Wie zur Antwort fühlte ich die Schutzwälle beben, als jemand sie durchschritt.

Ich sprang auf die Beine, als am Rand des Feuerscheins zwei Gestalten auftauchten. Das Licht war schwach, reichte jedoch aus, um die Tatsache zu enthüllen, daß die beiden die Kapuzenumhänge von Mördern trugen, und zwar mit der Goldseite nach außen!

›In Krisenzeiten ist es von fürderster Bedeutung, nicht den Kopf zu verlieren‹
MARIE ANTOINETTE

8

Einige Minuten standen wir alle vier wie aus Stein gemeißelt und betrachteten einander. Meine Gedanken überschlugen sich, konnten jedoch zu keinem Entschluß kommen, welcher Kurs endgültig einzuschlagen war. Ich beschloß, Aahz die Führung zu überlassen und blieb einfach stehen, musterte kühl die zwei Gestalten und versuchte, die ständig auf uns gerichteten Armbrüste zu ignorieren.

Schließlich brach einer der beiden Besucher das Schweigen.

»Na, Throckwoddle, willst du deinen beiden Freunden nicht Platz anbieten?«

Zu meiner Überraschung richtete er die Frage an mich.

»Hmmm ...« Mehr fiel mir im Moment nicht ein.

»Ja, Throckwoddle«, sagte Aahz schleppend und drehte sich zu mir um. »Und willst du mich nicht deinen Kollegen vorstellen?«

»Äh ...«

»Vielleicht erinnert er sich auch nicht mehr an uns«, meinte der eine sarkastisch.

»Unsinn«, erwiderte der andere nicht weniger ironisch. »Seine beiden besten Freunde? Brockhurst und Higgens? Wieso sollten ihm denn unsere Namen entfallen? Nur daß er vergessen hat, die Beute zu teilen, heißt doch noch nicht, daß er auch unsere Namen vergessen hat. Du mußt schon fair bleiben, Higgens.«

»Ehrlich gesagt, Brockhurst«, gab der andere zurück, »ich glaube, daß er sich eher an die Beute erinnert und unsere Namen vergessen hat.«

Allmählich begann ich, mir einen Reim auf das alles zu machen. Das waren die beiden Imps, von denen Aahz behauptet hatte, sie könnten uns nicht einholen. Glücklicherweise dachten sie, ich sei der Imp, der Garkin umgebracht habe ... zumindest glaubte ich damals, daß dies ein Glück sei.

»Meine Herren«, erklärte Aahz und tat einen Schritt nach vorn. »Lassen Sie mich Ihnen versichern, welches große Vergnügen ...«

Er blieb stehen, als Brockhurst die Armbrust geschmeidig bis auf Schulterhöhe anhob.

»Ich weiß nicht, wer Ihr seid«, meinte der Imp. »Aber ich gebe Euch den dringenden Rat, Euch da herauszuhalten. Das ist eine Privatangelegenheit zwischen uns dreien.«

»Brockhurst«, unterbrach ihn Higgens. »Ich habe den Eindruck, daß du vielleicht ein bißchen überstürzt handelst.«

»Danke, Higgens«, sagte ich, und mir fiel ein Stein vom Herzen.

»Throckwoddle«, keifte Brockhurst, »ich möchte dir dringend raten, daß du dich in Zukunft nicht mehr vor uns verkrümelst. Obwohl ich kaum glaube, daß es etwas gibt, was uns noch saurer auf dich werden ließe, so könnte uns das doch noch weiter provozieren. Jetzt müssen wir zuerst noch einen weiteren Reisebegleiter in Sicherheit bringen. Aber du weißt ja ...« Er hob noch einmal die Armbrust.

Darauf verschwanden die beiden Gestalten in der Dunkelheit.

»Was machen wir jetzt bloß, Aahz?« flüsterte ich entsetzt.

Er schien mich gar nicht zu hören.

»Imps!« gluckste er und rieb sich frohlockend die Hände. »So ein Glücksfall!«

»Aahz! Sie werden mich umbringen!«

»Was? Beruhige dich, Kind. Wie ich schon sagte, Imps sind einfältig. Wenn sie wirklich etwas im Kopf hätten, hätten sie uns kommentarlos abgeknallt. Ich habe noch keinen Imp getroffen, den ich nicht eingewickelt hätte.«

Er legte lauschend den Kopf zur Seite.

»Sie kommen jetzt zurück. Laß mich nur machen. Ach, ja ... beinahe hätte ich's vergessen. Heb meine Tarnung auf, sobald ich das Stichwort gebe.«

»Aber du hast doch gesagt, sie ...«

Ich verstummte, als die beiden Imps wieder auftauchten. Sie führten ein Schlachteneinhorn zwischen sich. Sie hatten nun die Kapuzen abgenommen, so daß man ihre Züge sehen konnte. Ich war einigermaßen überrascht, daß sie wie Menschen aussahen. Dann erblickte ich Ganzfix.

Er saß steif wie aus Holz geschnitzt auf dem Einhorn und schwankte mit dem Schritt des Tieres vor und zurück. Der Feuerschein spiegelte sich auf seinem Gesicht, als wäre es aus Glas, und ich begriff voller Entsetzen, daß er nicht mehr am Leben, sondern zu einer Statue aus undefinierbarem Material geworden war.

Jegliche Zuversicht, die mich nach Aahz' Versicherungen erfüllt hatte, verließ mich schlagartig.

»Meine Herren! Ehe wir uns weiter unterhalten, muß ich darauf bestehen, mich ihnen ordentlich vorzustellen. Wenn Sie mir lediglich eine Minute gestatten würden, meine Verkleidung abzunehmen.«

Der Anblick der Armbrüste hatte mich so verwirrt, daß ich beinahe meinen Einsatz verpaßt hätte. Ich weiß nicht, welche Reaktion ich von den Imps auf die Verwandlung erwartet hatte, die jedoch eintraf, überstieg alle Erwartungen.

»Bei allen Göttern!« keuchte Brockhurst.

»Ein Perverser!« japste Higgens.

»Perfekter heißt das!« lächelte Aahz und zeigte seine sämtlichen spitzen Zähne. »Und vergeßt das bloß nie mehr, liebe Imp-Freunde!«

»Aber, ja doch!« beeilten sie sich, im Chor zu sagen.

Sie standen beide wie vom Donner gerührt, die Armbrüste baumelten unbeachtet in ihren Händen. Angesichts ihrer fassungslosen Reaktion keimte in mir der Verdacht, daß Aahz bei aller Prahlerei mir doch nicht alles über seine Dimension und den Ruf ihrer Bewohner erzählt hatte.

Aahz ließ ihre Blicke unbeachtet und sich wieder auf seinen Platz am Feuer fallen.

»Da dies nun geregelt ist, warum legt ihr nicht eure albernen Armbrüste beiseite und nehmt Platz, daß wir uns wie zivilisierte Leute unterhalten können, wie?«

Er machte eine ungeduldige Geste, und die beiden beeilten sich, seiner Aufforderung nachzukommen. Ich setzte mich auch wieder, da ich nicht der einzige sein wollte, der stehenblieb.

»Aber ... was ist ... warum seid Ihr hier, Herr ...

wenn Ihr die Frage gestattet?« Brockhurst gelang es schließlich, den ganzen Satz herauszubekommen.

Wie unfähig er auch als Dämon sein mochte, so verstand er sich doch aufs Zu-Kreuze-Kriechen.

»Ach!« lächelte Aahz. »Das ist eine lange Geschichte.«

Ich lehnte mich zurück. Das würde eine Weile dauern.

»Ein gewisser Garkin, ein Zauberer, den ich nicht besonders schätze, hat mich über die Dimensionenschranke gerufen. Scheinbar hat er mit irgendwelchen Schwierigkeiten von einem Rivalen gerechnet und war darauf aus, meine Hilfe in dem aufkommenden Wirbel in Anspruch zu nehmen. Nun, wie ich schon sagte, habe ich Garkin niemals besonders gern gemocht und war nicht gerade wild darauf, ihm beizustehen. Er wurde in diesem Punkt jedoch derartig aufsässig, daß ich mich entgegen meiner sonst gutartigen Natur entschloß, Maßnahmen gegen ihn zu ergreifen, als auch schon kein anderer als Throckwoddle erschien, der mir den Gefallen tat, dem alten Schleimbrauer einen Bolzen zu verpassen.«

Aahz winkte mir anerkennend zu.

»Natürlich kamen wir anschließend ins Plaudern, und er erwähnte, Angestellter eines gewissen Isstvan zu sein und daß sein Vorgehen gegen Garkin Teil dieses Auftrags gewesen war. Da kam es mir jedenfalls in den Sinn, daß ich diesem Isstvan einen Gefallen dafür schuldete, daß er mir diese Nervensäge vom Hals geschafft hatte, also schlug ich Throckwoddle vor, ihn zurück zu seinem Arbeitgeber zu begleiten, um ihm – in gewissem Umfang natürlich nur – meine Dienste zur Verfügung zu stellen.«

»Ihr hättet auf uns warten können«, blitzte Brockhurst mich an.

»Ja ... das wollte ich ja ... weißt du ... ich ...«

»Ich bestand darauf, daß wir aufbrachen.« Aahz lächelte. »Ihr versteht, Zeit ist kostbar, und ich wollte sie nicht unnötig mit Herumstehen vergeuden.«

»Oh«, machte Brockhurst.

Higgens war nicht so schnell abzuwimmeln. »Ihr hättet uns eine Nachricht hinterlassen können«, murmelte er.

»Das haben wir auch«, erwiderte Aahz. »Meinen Ring, direkt auf dem Tisch. Und wie ich sehe, habt ihr ihn ja auch gefunden.«

Er wies mit anklagendem Finger auf Brockhurst. Jetzt bemerkte ich erst, daß der Imp Garkins Ring trug.

»Diesen Ring?« setzte Brockhurst an. »Er gehört Euch? Ich dachte, er sei Teil von Garkins Beute, den man übersehen hatte.«

»Ja, es ist meiner.« Aahz entblößte sein Gebiß. »Ich bin überrascht, daß ihr ihn nicht erkannt habt. Aber jetzt, da wir wieder beisammen sind, werdet ihr ihn ja zurückgeben.«

»Aber gewiß doch!« Der Imp streifte hastig den Ring ab.

»Vorsichtig!« mahnte Aahz. »Ihr wißt doch sicher nicht, wie man ihn bedient. In unwissenden Händen kann er gefährlich werden.«

»Natürlich weiß ich, wie man ihn bedient«, widersprach Brockhurst in gekränktem Ton. »Man drückt mit zwei Fingern auf beiden Seiten dagegen. Ich habe so einen mal auf dem Basar auf Tauf gesehen.«

»Da ich nun alles von mir erzählt habe, möchte ich

doch wissen, wer das ist.« Sein Finger deutete auf den zur Statue gewordenen Ganzfix.

»Da sind wir selbst nicht ganz sicher«, gab Higgens zu.

»Es ist wirklich alles recht verwirrend«, fügte Brockhurst hinzu.

»Würdet ihr das vielleicht ein wenig ausführen?« drängte Aahz.

»Nun, es war vor drei Tagen. Wir folgten eurer Spur, um ... äh ... in der Hoffnung, unsere Gruppe wieder zu vervollständigen. Plötzlich galoppiert dieser Krieger aus dem Gehölz und versperrt uns den Weg. Es war, als habe er gewußt, daß wir kommen und habe uns erwartet. ›Isstvan hatte recht!‹ brüllte er. ›Hier wimmelt es *wirklich* von Dämonen!‹«

»Isstvan?« Ich versuchte, so verwirrt wie möglich dreinzuschauen.

»Genau das hat er gesagt. Wir waren auch ganz überrascht. Ich meine, da arbeiten wir für Isstvan und werden von einem Mann angegriffen, der behauptet, vom gleichen Arbeitgeber beauftragt zu sein. Jedenfalls sagte er dann: ›Da seht die Waffe, die euch Verderben bringt!‹ und zieht ein Schwert.«

»Was für ein Schwert war das denn?« fragte Aahz unschuldig.

»Nichts Besonderes. Um genau zu sein, nicht einmal schlechter Durchschnitt. Aber sein ganzes Gehabe brachte uns jedenfalls in eine mißliche Lage. Wir mußten uns verteidigen, wollten ihm aber nichts zuleide tun, falls er wirklich für Isstvan arbeitete.«

»Was habt Ihr denn gemacht?« fragte ich.

»Ehrlich gesagt, wir haben uns aus der Affäre gezogen. Higgens hat ihm eine seiner Steinkugeln an die

Stirn geschossen, und wir haben ihn auf der Stelle eingefroren. Seither schleppen wir ihn mit uns herum. Wir dachten, wir werden ihn Isstvan in den Schoß setzen, soll er damit machen, was er will.«

»Ein weiser Entschluß«, urteilte Aahz.

Sie neigten dankbar für das Kompliment die Köpfe.

»Eines würde mich noch interessieren«, warf ich ein. »Wie ist es euch denn gelungen, uns einzuholen, beladen wie ihr wart.«

»Nun, das war kein geringes Problem. Wir hatten so schon wenig Hoffnung, euch einzuholen, und mit ihm als zusätzlicher Last schien es gar unmöglich«, begann Brockhurst.

»Wir waren natürlich ganz scharf darauf, dich ... äh ... wiederzufinden, also griffen wir zu verwegenen Maßnahmen«, fuhr Higgens fort. »Wir machten einen Abstecher nach Twixt und baten den Täufler dort um Hilfe. Es hat uns zwar ein Heidengeld gekostet, aber schließlich war er bereit, uns vor euch auf euren Weg zu teleportieren, so daß wir die gewünschte Begegnung herbeiführen konnten.«

»Täufler? Was für ein Täufler?« unterbrach Aahz.

»Frumpel. Der Täufler in Twixt. Derjenige, der ...«

Brockhurst verstummte plötzlich, seine Augen wurden schmal von Mißtrauen. Er warf Higgens einen düsteren Blick zu, der beiläufig nach seiner Armbrust griff.

»Ich bin überrascht, daß Throckwoddle euch nichts über Frumpel berichtet hat«, schnurrte Higgens. »Schließlich war er es ja, der uns von ihm erzählt hat.«

›Um effektiv zu arbeiten, muß jede Gruppe von Menschen oder Arbeitnehmern vom Vertrauen in ihren Führer erfüllt sein‹

CAPTAIN BLIGH (D.a.)

9

»Ja, Throckwoddle.« Aahz' Stimme klang bedrohlicher als die des Imps. »Warum hast du mir nicht von dem Täufler erzählt?«

»Es ... äh ... muß mir entfallen sein«, murmelte ich.

Unter einer gewaltigen Anstrengung meiner Selbstbeherrschung warf ich den Imps meinen vernichtendsten Blick zu und zwang mich, die Bedrohung durch ihre Armbrüste zu ignorieren. Ich wurde damit belohnt, daß sie sogleich schuldbewußt wirkten und meinem Blick auswichen.

»Entfallen! Wohl eher versucht, mir diese Information vorzuenthalten«, sagte Aahz anklagend. »Nun, jetzt, da es heraus ist, wollen wir aber auch den Rest der Geschichte erfahren. Was ist mit diesem Täufler?«

»Frag Brockhurst«, brummelte ich. »Er scheint ja ganz wild darauf zu sein, davon zu erzählen.«

»Also, Brockhurst?« wandte sich Aahz ihm zu.

Der Imp zuckte entschuldigend mit den Schultern und begann zu reden.

»Also, ich schätze, ich habe das meiste schon gesagt. In Twixt wohnt ein Täufler namens Frumpel. Er lebt unter dem Pseudonym Ahbul der Teppichhändler, betreibt jedoch einen schwunghaften Handel nach Täuflerart, indem er diesseits und jenseits der Dimensionen kauft und verkauft.«

»Was macht er in Klah?« unterbrach ihn Aahz. »Ich meine, hier läuft doch nicht allzuviel an Geschäften. Ist das für einen Täufler nicht uninteressant?«

»Nun, Throckwoddle sagte ...«, Brockhurst verstummte und warf mir einen Blick zu.

»Na los, sag's ihm schon«, meinte ich resignierend.

»Also«, fuhr der Imp fort, »es kursiert das Gerücht, er sei von Tauf weggelaufen und verberge sich hier, weil er sich schäme, in einer höheren Dimension sein Gesicht sehen zu lassen. Frumpel soll in diesem Punkt sehr empfindlich sein, und man soll ihn nicht darauf ansprechen.«

»Sag mal ... äh ... Throckwoddle«, unterbrach Higgens. »Ich würde vorschlagen, daß wir nun alle unsere Masken fallen lassen wie unser Perver ... äh unser Perfekter-Freund dies getan hat. Es ist doch sinnlose Energievergeudung, unter Freunden falsche Gesichter zu wahren.«

Sein Ton klang beiläufig, kam mir jedoch mißtrauisch vor. Ich bemerkte, daß er noch immer die Hand an der Armbrust hatte.

»Warum?« widersprach Brockhurst. »Ich trage in einer anderen Dimension lieber immer meine Tarnung. Das verringert die Gefahr, sie in einem heiklen Augenblick zu vergessen.«

»Ich glaube, Higgens hat recht«, meinte Aahz, ehe ich Brockhurst beipflichten konnte. »Ich ziehe meinerseits vor, die wahren Gesichter meiner Gesprächspartner zu sehen.«

»Nun gut«, brummelte Brockhurst, »wenn alle darauf bestehen.«

Er schloß konzentriert die Augen, und seine Züge begannen zu flimmern und zu schmelzen. Ich sah gar nicht zu. Meine Gedanken jagten verzweifelt zurück zu Garkins Hütte, als Aahz den verkohlten Kopf des Mörders emporgehalten hatte. Ich stellte mir mein Gesicht daneben vor.

»So, meine Herren!« forderte Aahz auf. »Wir müssen ernste Angelegenheiten besprechen. Weiß Isstvan von Frumpels Existenz?«

»Ich glaube nicht«, antwortete Brockhurst. »Wüßte er es, so hätte er ihn entweder engagiert oder umgebracht.«

»Gut«, erklärte Aahz. »Er könnte der Schlüssel zu unserer Verschwörung sein.«

»Welcher Verschwörung?« fragte ich.

»Unserer Verschwörung gegen Isstvan natürlich.«

»Was?« rief Higgens völlig verwirrt. »Seid ihr verrückt?«

»Nein«, gab Aahz zurück. »Aber Isstvan. Denkt doch mal nach! Hat er sich als besonders standhaft erwiesen?«

»Nein«, gab Brockhurst zu. »Allerdings hat das auch kein anderer Magiker, mit dem ich je zu tun hatte, Anwesende eingeschlossen.«

»Abgesehen davon«, unterbrach Higgens, »dachte ich, ihr wärt unterwegs, ihm zu helfen?«

»Da kannte ich ja auch eure Geschichte noch nicht«, erklärte Aahz. »Ich bin nicht darauf versessen, für einen Zauberer zu arbeiten, der seine eigenen Angestellten gegeneinander ausspielt.«

»Wann hat er das denn getan?« wollte Higgens wissen.

Aahz machte eine Geste der Fassungslosigkeit.

»Denkt doch mal nach, meine Herren! Habt ihr

unseren versteinerten Freund dort vergessen?« Er drehte den Daumen nach dem Einhorn.

»Das ist richtig«, antwortete Brockhurst. »Und dann?«

»Wie, und dann?« Aahz explodierte. »Das ist doch wirklich! Isstvan hetzt ihn euch auf den Hals, daß er euch umbringt. Entweder hat er versucht, Geld zu sparen, indem er seine Mörder vor dem Zahltag ermorden lassen wollte, oder aber er ist geistig so konfus, daß er blindlings gegen jedermann vorgeht, selbst gegen seine eigenen Verbündeten. So oder so klingt das nicht gerade nach einem angenehmen Auftraggeber.«

»Wißt ihr, ich glaube, er hat recht«, bemerkte ich, entschlossen, meinen Teil zu dieser Irreführung beizutragen.

»Aber wenn das stimmt, was sollen wir tun?« fragte Higgens.

»Nun, ich habe noch keinen festen Aktionsplan«, gab Aahz zu. »Aber einige grundsätzliche Vorstellungen, die vielleicht nützlich sein könnten.«

»Zum Beispiel?« drängelte Brockhurst.

»Ihr geht zu Isstvan zurück, erwähnt aber unsere Verdächtigungen mit keinem Wort. Sonst hält er euch vielleicht für gefährlich und räumt euch auf der Stelle aus dem Weg. Lehnt darüber hinaus jeden neuen Auftrag ab. Findet irgendeinen Vorwand, um ihm so dicht wie möglich auf der Pelle zu bleiben. Bringt alles über seine Gewohnheiten und Schwächen in Erfahrung, aber unternehmt nichts, bis wir kommen.«

»Wohin wollt ihr?« fragte Higgens.

»Wir werden mit Frumpel ein Schwätzchen halten.

Wenn wir gegen Isstvan vorgehen, könnte die Hilfe eines Täuflers von unschätzbarem Wert sein.«

»Und vermutlich nicht zu bekommen«, murrte Brockhurst. »Ich habe noch niemals einen Täufler kennengelernt, der in einem Kampf Position bezogen hätte. Die ziehen es vor, eine Stellung einzunehmen, von der aus sie mit beiden Parteien Handel treiben können.«

»Was meint ihr eigentlich mit ›wir‹? Kommt Throckwoddle nicht mit uns?« fragte Higgens.

»Nein. Ich habe ein Faible für seine Gesellschaft entwickelt. Außerdem käme es uns gelegen, wenn Frumpel nicht bereit ist, einen Mörder dabeizuhaben. Frumpel ist zu mächtig, als daß man riskieren könnte, ihn als Nichtverbündeten zurückzulassen, und er möglicherweise Isstvan unterstützt.«

Während Aahz sprach, lehnte sich Brockhurst angelegentlich zurück aus seinem Blickfeld, und sein Mund formte lautlos »Perverser« in Richtung Higgens. Jener nickte zustimmend, und beide tauschten einen mitfühlenden Blick.

»Nun, was meint ihr?« fragte Aahz abschließend.

»Hm ... und was machen wir mit ihm?« Higgens machte eine Kopfbewegung in Ganzfixens Richtung.

»Den nehmen wir mit«, erklärte ich hastig.

»Natürlich!« Aahz warf mir einen stockfinsteren Blick zu. »Wenn ihr ihn mit zu Isstvan nehmt, kommt er vielleicht auf die Idee, daß ihr einen Verrat wittert.«

»Abgesehen davon«, fügte ich hinzu, »können wir ihn vielleicht wiederbeleben und überzeugen, auf unserer Seite zu kämpfen.«

»Dann wollt ihr wohl das Gegenmittel haben.« Higgens seufzte und fischte eine kleine Phiole aus der

Innenseite seines Capes, die er mir zuwarf. »Du brauchst nur ein wenig auf ihn zu tröpfeln, dann wird er in ein paar Minuten wieder normal. Aber paßt auf. Er hat irgend etwas Merkwürdiges an sich. Er scheint in der Lage zu sein, Tarnungen zu durchschauen.«

»Wo ist das Schwert, von dem ihr gesprochen habt?« erkundigte sich Aahz.

»Bei seinem Zeug. Glaubt mir, es ist Schund. Der einzige Grund, warum wir es mitgenommen haben, ist, daß er so viel Wirbel darum machte. Es wird lustig sein zu hören, was er sich darunter vorgestellt hat, wenn er wieder zu sich kommt.«

»Nun, ich nehme an, daß damit alles geregelt ist.« Brockhurst seufzte. »Wir sollten nun etwas schlafen, damit wir morgen früh gleich unsere jeweiligen Reisen antreten können.«

»Ich würde vorschlagen, daß ihr jetzt eure Reise antretet«, sagte Aahz scharf.

»Jetzt!« rief Brockhurst.

»Aber es ist mitten in der Nacht«, gab Higgens zu bedenken.

»Darf ich die Herren daran erinnern, daß, je weiter sie noch von Isstvan entfernt sind, um so größer die Chance ist, daß er ihnen neue Mörder auf den Hals hetzt?«

»Er hat recht, weißt du?«

»Ich fürchte es«, grummelte Higgens.

»Also«, sagte Brockhurst und erhob sich. »Ich schlage vor, wir machen uns auf, sobald Garkins Beute geteilt ist.«

»Ganz im Gegenteil«, behauptete Aahz. »Nicht nur, daß wir die Beute nicht teilen werden, vielmehr schlage ich vor, daß ihr uns alle Wertsachen gebt, die ihr bei euch habt.«

»Was?« stimmten sie im Chor an und hatten auch schon wieder die Armbrüste in den Händen.

»Denkt mal nach, meine Herren!« sagte Aahz einschmeichelnd. »Wir werden versuchen, mit einem Täufler um seine Unterstützung zu verhandeln. Wie ihr ja selbst erklärt habt, sind seine Preise unverschämt hoch. Der Gedanke mißfiele mir sehr, unsere Verhandlungen an fehlenden materiellen Mitteln scheitern zu sehen.«

Es herrschte tiefe Stille, während die beiden Imps den Fehlschluß dieser Logik suchten. Schließlich lieferten sie ihre Börsen ab und machten sich auf den Weg.

›Der Mensch wird niemals zur vollen Entfaltung
seiner Fähigkeiten kommen,
solange er an die Erde gekettet bleibt.
Es müssen uns Flügel wachsen,
auf daß wir die Himmel erstürmen.‹
IKARUS

10

»Meinst du wirklich, daß wir uns mit einem Täufler einlassen sollen, Aahz?«

Mir war bewußt, daß ich diese Frage in den letzten Tagen pausenlos wiederholte, aber ich brauchte immer noch Zuspruch.

»Wirst du nicht endlich einmal Ruhe geben, Kerlchen?« schalt Aahz. »Mit den Imps hatte ich doch auch recht, oder?«

»Wahrscheinlich«, gab ich zögernd zu.

»Du mußt das folgendermaßen sehen, Kind: Mit ein bißchen Glück wird dieser Frumpel meine Kräfte wiederherstellen können. Dann bist du doch runter von dem heißen Ofen.«

»Wahrscheinlich«, antwortete ich mit geringer Begeisterung.

Er hatte dies mehrmals angesprochen, seit wir von Frumpel erfahren hatten. Und jedesmal erzeugte es in mir ein gewisses Unbehagen.

»Irgend etwas nicht in Ordnung, Kind?« fragte Aahz und neigte den Kopf zu meiner Seite.

»Nun ... es ist ... Aahz, wenn du wieder deine Kräfte besitzt, wirst du mich dann noch als Lehrling haben wollen?«

»Hat dich das die ganze Zeit geplagt?« Er schien aufrichtig überrascht. »Natürlich will ich dich dann noch. Für was für eine Art Zauberer hältst du mich denn? Ich suche mir meine Lehrlinge doch nicht leichtfertig aus.«

»Hattest du nicht das Gefühl, daß ich eine Last für dich bin?«

»Am Anfang vielleicht, inzwischen jedoch nicht mehr. Du hast diese Isstvan-Geschichte von Anfang an mitbekommen, also hast du auch das Recht, bis zum Schluß dabeizusein.«

Um der Wahrheit die Ehre zu geben, war ich gar nicht so glücklich, dabeizusein, wenn Aahz Isstvan gegenübertrat, aber dies schien der gerechte Preis für eine Weiterführung meiner Ausbildung durch Aahz.

»Hm ... Aahz?«
»Ja, Kind?«
»Noch eine einzige Frage?«
»Die allerletzte.«
»Wenn du deine Kräfte wiederhast und ich noch dein Lehrling bin, in welcher Dimension werden wir dann leben?«
»Hmm. Um ehrlich zu sein, Kind, ich habe mir noch nicht allzu viele Gedanken darum gemacht. Ich werd dir was sagen, wir nehmen die Sache in Angriff, wenn es soweit ist. Okay?«
»Okay, Aahz.«
Ich versuchte, mich nicht mehr mit dieser Frage zu befassen. Vielleicht hatte Aahz recht. Es hat keinen Sinn, über Probleme nachzugrübeln, die sich womöglich niemals stellen werden.
Für die Ganzfix-Statue hatten wir eine Schleppbahre gebaut, damit wir nicht jeden Abend und jeden Morgen das Auf- und Abladeproblem hatten, vom Sattel des Einhorns gar nicht zu sprechen. Ebenso hatten wir die ganzen Waffen und Gerätschaften in die Bahre gelegt, was das Einhorn unermeßlich glücklich zu machen schien. Ich überprüfte, ob alles richtig saß und Ganzfix gut lag.
»Alles in Ordnung, Aahz«, meldete ich nach vorn.
»Gut«, feixte er. »Es wäre mir doch außerordentlich zuwider, wenn ihm etwas zustieße – durch einen Unfall.«
Aahz war immer noch nicht besonders glücklich über unsere Reisebegleitung. Nur murrend hatte er sich meiner Meinung angeschlossen, sie mitzunehmen. Ich hatte ins Feld geführt, daß sie uns möglicherweise bei unseren Verhandlungen mit dem Täufler

eine Hilfe sein könnte oder zumindest bei der Abschiedsvorstellung bei Isstvan.

In Wirklichkeit war dies absolut nicht mein Grund. Ich hatte ein wenig ein schlechtes Gewissen, daß wir Ganzfix absichtlich den Imps vorgeworfen hatten und wollte nicht, daß ihm nun etwas zustieß.

»Das Reisen wäre ein gutes Stück einfacher, wenn wir ihn wieder in Gang setzten«, schlug ich hoffnungsvoll vor.

»Vergiß es, Kerlchen!«

»Aber Aahz ...«

»Kommt nicht in Frage. Du hast wohl vergessen, daß der Hauptzeitvertreib dieses Herrn darin bestand, Dämonen zu suchen und umzubringen! Außerdem, ist jetzt Zeit für deine nächste Lektion.«

Meine Laune stieg schlagartig. Neben meinem natürlichen Bestreben, meine magischen Fähigkeiten zu erweitern, beinhaltete Aahz' Aufforderung die Bekundung, daß er mit meinen Fortschritten nach den früheren Lektionen zufrieden war.

»In Ordnung, Aahz«, sagte ich und schlang die Zügel des Einhorns um einen nahe stehenden Busch. »Ich bin bereit.«

»Gut.« Aahz rieb sich die Hände. »Heute werden wir dir das Fliegen beibringen.«

Meine Laune sank wieder.

»Fliegen?« fragte ich vorsichtig.

»Genau das habe ich gesagt. Fliegen. Toll, was?«

»Warum denn?«

»Was meinst du damit: warum denn? Schon immer, seit wir neidvoll den ersten Geschöpfen der Luft zusahen, wollten wir fliegen. Jetzt hast du die Gelegenheit, es zu lernen. Deshalb ist es toll!«

»Ich meine, warum soll ich fliegen lernen?«

»Nun ... weil jeder gern fliegen möchte.«

»Ich nicht«, sagte ich nachdrücklich.

»Warum nicht?«

»Zum einen habe ich Höhenangst«, antwortete ich.

»Das ist kein ausreichender Grund«, schalt Aahz.

»Also, bis jetzt habe ich auch keinen vernünftigen Grund zu hören bekommen, warum ich es lernen sollte.« Ich warf ihm einen finsteren Blick zu.

»Schau, Kind«, begann Aahz mir zuzureden, »es ist nicht so sehr Fliegen als vielmehr Schweben.«

»Mir entgeht der Unterschied«, antwortete ich trokken.

»Nun gut, Kerlchen. Dann laß es mich so herum ausdrücken. Du bist doch mein Lehrling?«

»Ja«, gab ich mißtrauisch zu.

»Na, und ich werde keinen Lehrling haben, der nicht fliegen kann! Klar?« brüllte er.

»In Ordnung, Aahz. Wie funktioniert es?« Ich wußte, daß ich geschlagen war.

»So gefällt mir das schon besser. Eigentlich gibt es dabei gar nichts, was du nicht schon könntest. Du kannst doch Gegenstände levitieren, nicht wahr?«

Ich nickte langsam; ich war verwirrt.

»Also, die ganze Fliegerei ist nichts anderes, als dich selbst zu levitieren.«

»Erklär das mal genauer.«

»Anstatt fest auf dem Boden zu stehen und einen Gegenstand zu levitieren, stößt du dich mit deinem Willen vom Boden ab und erhebst dich.«

»Aber wenn ich keine Bodenberührung mehr habe, woher nehme ich dann meine Kraft?«

»Aus der Luft. Komm, Kerlchen, du bist doch Magiker! Du bist doch nicht an die vier Elemente gekettet. Du beherrschst sie, oder zumindest beeinflußt du sie und beziehst deine Stärke von ihnen. Wenn du fliegst, mußt du deine Kraft lediglich aus der Luft statt vom Boden abziehen.«

»Wenn du das sagst«, antwortete ich zweifelnd.

»Gut, jetzt lokalisiere erst einmal die Kräftelinie.«

»Aber wir sind doch von ihr abgewichen, um den Täufler zu besuchen«, widersprach ich.

»Kind, es existieren Unmengen von Kräftelinien. Die Tatsache, daß wir eine der Bodenkraftlinien verlassen haben, heißt doch nicht, daß wir völlig außer Reichweite sind. Such eine in der Luft!«

»In der Luft?«

»So glaub mir doch. Such eine!«

Ich seufzte und machte die Augen zu.

»Ich glaube, ich habe eine, Aahz!« keuchte ich.

»Sie wird nahe genug sein, daß du daher deine Kräfte beziehen kannst. Steig in die Linie ein und schieb den Boden unter dir weg. Aber langsam!«

Ich tat, wie er mich geheißen hatte. Der Kräftestrom, den ich darauf empfand, war anders als alle bisher empfundenen. Fühlte ich mich sonst warm und angefüllt von Energie, so empfand ich nun Kühle und Entspannung.

»Heb ab, Kind!« erklang Aahz' Stimme. »Langsam!«

Träge berührte ich den Boden mit meinem Geist und spürte nur beiläufig das seltsame Gefühl, körperlich nichts unter den Füßen zu haben.

»Mach die Augen auf, Kerlchen! Korrigiere deinen Kurs.«

Aahz' Stimme kam diesmal aus einer merkwürdigen Richtung. Überrascht schlug ich die Augen auf.

Ich schwebte etwa drei Meter vom Boden weg in einem Winkel, der auf die Horizontale zuging. Ich flog!

Der Boden kam schlagartig näher. Mir blieb ein Augenblick benommener Verwirrung, ehe ich bebend in der Realität aufschlug.

Ich lag einen Moment und versuchte, Luft zu bekommen und fragte mich, ob ich etwas gebrochen hatte.

»Bist du in Ordnung, Kind?« Aahz beugte sich plötzlich über mich. »Was ist denn geschehen?«

»Ich ... ich bin geflogen!« Ich preßte die Worte heraus.

»So, so. Das habe ich mitbekommen. Du warst so überrascht, daß du vergessen hast, den Energiestrom aufrechtzuerhalten, stimmt's?«

Ich nickte, unfähig, ein Wort zu sagen.

»In drei Teufels, eh, Täufers Namen ... schau, Kerlchen, wenn ich dir sage, daß du fliegen wirst, dann glaub es gefälligst!«

Ich schloß die Augen und wartete darauf, daß das Schwindelgefühl in meinem Kopf aufhörte.

»Aahz?«

»Ja, Kerlchen?«

»Erzähl mir was von Perv.«

»Was willst du denn hören?«

»Es kam mir gerade in den Sinn, daß die Imps zu Tode erschrocken waren, als sie begriffen, daß du ein Perfekter bist. Was für einen Ruf hat denn deine Dimension?«

»Nun«, begann er, »Perv ist eine unabhängige,

reservierte Dimension. Wir haben vielleicht nicht die besten Kämpfer, aber sie sind gut genug, daß die Reisenden anderer Dimensionen ihnen weiträumig ausweichen. Technologie und Magik existieren bei uns gleichberechtigt und sind miteinander verknüpft. Alles in allem ein ganz potenter, kleiner Haufen.«

»Aber warum sollte jemand davor Angst haben?«

»Wie ich schon sagte, spricht eine ganze Menge für Perv. Eine der Nebenwirkungen des Erfolgs ist eine Masse von Schmarotzern. Eine Zeitlang wurden wir von Flüchtlingen und Emigranten anderer Dimensionen fast überschwemmt. Als sie sich zu einer echten Plage entwickelten, haben wir einen Riegel vorgeschoben.«

»Wie denn?« drängelte ich.

»Erstens wiesen wir jene Außenstehenden aus, die sich nicht an der Arbeit beteiligen wollten. Dann unterstützten wir als zusätzliche Sicherungsmaßnahme den Umlauf von Gerüchten gewisser unsozialer Verhaltensweisen von Perfekten gegen jene von anderen Dimensionen.«

»Was für Gerüchte?«

»Och, das Übliche. Daß wir unsere Feinde auffressen, Leute zum Spaß foltern und Sexualpraktiken haben, die in allen Dimensionen als zweifelhaft gelten. Die Leute wissen nie, das Wahrheit und was Übertreibung ist, aber sie sind auch nicht darauf versessen, es persönlich ausfindig zu machen.«

»Und wieviel davon ist wahr, Aahz?« fragte ich und stützte mich auf einen Ellbogen empor.

Er grinste mich verschlagen an.

»Genug, daß man sie nicht Lügner schimpfen müßte.«

›Zu den großen Reisevergnügen gehört es, neue Städte zu besuchen und neue Leute kennenzulernen‹
D. KHAN

11

»Ah! Welch leuchtendes Beispiel der Zivilisation!« lachte Aahz überschwenglich, als er sich umsah, freudig erregt wie ein Kind auf seinem ersten Ausflug.

Wir schlenderten zwanglos eine der weniger belebten Straßen von Twixt hinab. Abfall und Bettler lagen überall herum, während kleine, stechende Knopfaugen, menschlicher und anderer Herkunft, uns von verdunkelten Fenstern und Türen aus musterten. Die Stadt war ein Haufen Gebäude, die sich um einen Außenposten der Armee kauerten, der mehr aus Gewohnheit als aus Notwendigkeit aufrechterhalten wurde. Die Soldaten, denen wir gelegentlich begegneten, waren ziemlich heruntergekommen im Gegensatz zu den knackfrischen Modellen der Rekrutenposten, so daß es manchmal schwerfiel zu beurteilen, wer nun bedrohlicher und widerwärtiger war, die Wachen oder die kriminellen Typen, die sie beobachteten.

»Wenn du mich fragst, so sieht mir das eher nach dem schlimmsten Menschenschlag aus!« murmelte ich düster.

»Sagte ich ja, ein leuchtendes Beispiel der Zivilisation!«

»Aahz, ist das nur mein Eindruck, oder starren uns die Leute tatsächlich an?«

»Ganz locker, Kerlchen. In einer Stadt wie dieser erfassen die Einwohner instinktiv jeden Fremden. Sie versuchen abzuschätzen, ob wir Opfer oder Täter sind. Es liegt nun an uns, daß sie zu der Überzeugung gelangen, daß wir zur letzteren Kategorie gehören.«

Um dies zu illustrieren, wirbelte er plötzlich herum, duckte sich wie eine Katze und starrte zurück die Straße hinab, die Hand am Schwert.

Die Fenster und Türen gerieten plötzlich in Bewegung, als gut ein halbes Dutzend verschwommene Formen zurücktauchten in die Dunkelheit.

Nur eine Gestalt rührte sich nicht. Eine Hure, die mit verschränkten Armen auf dem Fensterbrett hing, um ihre schlecht verhüllten Brüste zur Schau zu stellen, lächelte ihn einladend an. Sie fuhr eine unverschämte, langsame Zunge über die Lippen und zwinkerte heftig.

»Äh ... Aahz?«

»Ja, Kerlchen?« erwiderte er, ohne einen Blick von dem Mädchen abzuwenden.

»Ich störe nicht gern, aber du bist angeblich ein alter Tattergreis, denkst du noch daran?«

Aahz steckte immer noch in der Tarnung von Garkin, eine Tatsache, die ihm augenblicklich entfallen sein mußte.

»Hm? Ach, ja. Wahrscheinlich hast du recht, Kind. Es scheint jedoch sonst keinen zu stören. Vielleicht sind sie in dieser Stadt an rüstige alte Männer gewöhnt. Und wenn sie auf uns achtet, dann mehr wegen dir als wegen mir.«

»Jetzt komm aber, Aahz!«

»Vergiß nicht, Kerlchen, daß du jetzt eine recht beeindruckende Erscheinung bist.«

Ich blinzelte. Daran hatte ich gar nicht gedacht. Ich hatte vergessen, daß ich als Ganzfix getarnt war. Den hatten wir nämlich außerhalb der Stadt versteckt.

Ich warf einen Blick zu dem Flittchen. Als sich unsere Blicke begegneten, wurde ihr Lächeln merklich breiter. Sie demonstrierte ihre gesteigerte Begeisterung, indem sie sich noch weiter aus dem Fenster lehnte, bis ich mich allmählich sorgte, ob sie nicht herausfiel – aus dem Fenster oder aus dem Kleid.

»Na, was habe ich dir gesagt, Kerlchen!« Aahz schlug mir enthusiastisch auf die Schulter und zwinkerte unzweideutig.

»Es wäre mir lieber, sie fände mich gut, wie ich wirklich bin«, murmelte ich düster.

»Das ist der Preis des Erfolges, Junge«, antwortete Aahz philosophisch. »Na, macht nichts. Wir sind ja in geschäftlichen Angelegenheiten hier, weißt du noch?«

»Stimmt«, sagte ich fest.

Aus dem Augenwinkel konnte ich immer noch das Mädchen sehen. Sie hauchte mir einen Kuß herüber. Ich besah sie mir genauer.

Vielleicht konnte ich Aahz später eine Weile loswerden und ...

»Wir müssen Frumpel finden.« Aahz' Stimme riß mich aus meinen schweifenden Gedanken.

»Hm? ... Oh. Wie denn, Aahz?«

»Schnell und geschickt. Paß auf, Kind!«

Mit diesen Worten warf er einen raschen Blick die Straße hinauf und hinab. Drei Bälger waren gerade um die Ecke gekommen und spielten Fangen.

»Ha!« rief Aahz sie an. »Wo finde ich den Laden von Abdul, dem Teppichhändler?«

»Zwei Straßen weiter und dann die fünfte links«,

riefen sie zurück und zeigten die entsprechende Richtung.

»Ich dachte, wir wollten es vermeiden, unnötig aufzufallen?«

»Wir verhalten uns wie jeder andere in einer fremden Stadt, also wird sich keiner nach uns zweimal umsehen. Sie werden uns nicht mehr beachten als jeden anderen Neuankömmling. Da ist auch schon gleich, was wir suchen!«

Ich blinzelte und sah in die Richtung, in die er mit dem Finger deutete. Der Laden lag zwischen einer Schmiede und einem Gerbergeschäft.

Ich hätte unsere Mission beinahe vergessen gehabt. Als ich nun jedoch den Laden so nah vor uns sah, war meine Nervosität sofort wieder da.

»Was machen wir denn jetzt, Aahz?«

»Na, zu allererst werd ich jetzt einen trinken gehen.«

»Einen trinken gehen?«

»Genau. Wenn du glaubst, ich werde mit leerem Magen mit einem Täufler in den Ring gehen, dann hast du dich getäuscht.«

»Einen trinken?« wiederholte ich, aber Aahz hielt schon mit ausladenden Schritten auf eine nahe gelegene Taverne zu. Es blieb mir kaum etwas übrig, als ihm mit dem Einhorn am Zügel zu folgen.

Selbst für meinen schlichten Geschmack war die Taverne eine miese Kaschemme. Eine verschossene Markise beschattete eine kleine Gruppe verschrammter Holztische. Fliegen summten um eine Katze, die auf einem der Tische schlief ... zumindest möchte ich lieber davon ausgehen, daß sie nur schlief.

Als ich das Einhorn zu einer der Markisenstangen

führte, hörte ich, wie Aahz beim Wirt laut zwei seiner größten Karaffen mit Wein bestellte. Ich seufzte und begann darüber zu verzweifeln, daß Aahz sich wohl niemals an seine Erscheinung als alter Mann gewöhnen würde.

Der Wirt schien jedoch keinen Widerspruch zwischen Aahz' Äußerem und seinen Trinkgewohnheiten festzustellen. Es kam mir der Gedanke, daß Aahz mit seiner Theorie, wie man unauffällig blieb, doch recht hatte. Stadtleute schienen an laute, grobe Individuen jeden Alters gewöhnt.

»Komm, setz dich, Kerlchen«, befahl Aahz. »Du machst mich nervös, wenn du so herumschleichst.«

»Ich dachte, wir wollten mit dem Täufler reden?« Ich sank auf einen Stuhl.

»Immer mit der Ruhe, Kerlchen. Ein paar Minuten mehr oder weniger machen den Kohl auch nicht mehr fett. Außerdem, schau mal hin!«

Ein junges, gut gekleidetes Paar betrat den Teppichladen.

»Siehst du? Jetzt könnten wir sowieso nicht zur Sache kommen. Zumindest nicht, bis sie gegangen sind. Die Art Gespräch, die wir führen wollen, kann nicht vor Zeugen stattfinden. Ah!«

Der Wirt war gekommen und knallte gleichgültig die beiden Karaffen auf den Tisch.

»Höchste Zeit!« kommentierte Aahz und packte mit jeder Hand eine Karaffe, wovon er die erste auf einen Zug leerte. »Willst du denn gar nichts, Junge?«

Einmal den Kopf zurück, und er hatte auch die zweite Karaffe leer.

»Bis mein Freund hier sich entschieden hat, können Sie mir schon mal zwei neue bringen, aber anständig voll diesmal, und wenn Sie zum Einschenken einen Eimer brauchen!«

Der Wirt zog sich ernstlich erschüttert zurück. Mich erschütterte das nicht mehr. Ich war schon oft Zeuge von Aahz' Fassungsvermögen für Alkohol geworden, das selbst in dieser Epoche schwerer Trinker noch seinesgleichen suchte. Was mich ein wenig verärgerte, war, daß der Mann gegangen war, ohne meine Bestellung anzunehmen.

Als ich schließlich auch meine Karaffe bekam, mußte ich feststellen, daß mein Magen zu nervös war, um den Inhalt bereitwillig aufzunehmen. So mußte ich ihn schlückchenweise zu mir nehmen. Nicht so Aahz. Er fuhr fort, sie in beunruhigender Menge hinabzustürzen. Er trank eine ganze Zeitlang. Wir saßen fast eine Stunde, und von dem Pärchen, das den Laden betreten hatte, war immer noch nichts zu sehen.

Schließlich wurde sogar Aahz ungeduldig.

»Ich frage mich, was die so lange aufhält«, brummte er.

»Vielleicht können sie sich nicht entscheiden«, vermutete ich.

»Nun, komm aber, Kerlchen! So groß ist der Laden auch wieder nicht, daß er eine solche Auswahl haben könnte.«

Er kippte seinen letzten Wein und stand auf.

»Wir haben lange genug gewartet«, erklärte er. »Da werden wir jetzt mal Nägel mit Köpfen machen.«

»Aber was ist mit dem Pärchen?« mahnte ich.

»Wir werden sie halt dazu überreden müssen, ihr Geschäft ein wenig schneller zu tätigen.«

Dies klang auf vage Weise unheildräunend, und

auch Aahz' zahnreiches Lächeln war ein zusätzliches Anzeichen, daß etwas Unangenehmes bevorstand. Ich wollte ihn gerade von seinem Vorhaben abbringen, aber er überquerte schon mit zielsicheren Schritten die Straße und ließ mich stehen.

Ich eilte mich, ihn einzuholen und ließ das Einhorn in der Hast zurück. Doch selbst so war ich erst bei ihm, als er eben den Laden betreten hatte.

Ich trat hinter ihm ein und befürchtete das Schlimmste. Es erwies sich als unnötig. Bis auf den Inhaber war der Laden leer. Von dem Pärchen nicht die geringste Spur.

›Die ersten Eindrücke spielen in geschäftlichen Angelegenheiten oft eine bedeutsame Rolle‹
B. ILLIGER-JAKOB

12

»Womit kann ich dienen, meine Herren?«

Die reichen Gewänder des Inhabers konnten seine magere Gestalt kaum verbergen.

»Wir würden gerne mit Abdul sprechen«, erklärte Aahz arrogant.

»Ich bin er, und er ist ich«, zitierte der Geschäftsinhaber. »Ihr seht vor euch Abdul, den bloßen Schatten eines Mannes, den die Gewitztheit seiner Kunden an den Rand des Hungertodes gebracht hat.«

»Um zur Sache zu kommen«, sagte Aahz, »wir suchen etwas in der Art eines hohen, zottigen Wand-an-Wand-Teppichs.«

»Was ist das? … Ich bitte euch, verwirrt nicht den armen Abdul, einen einfachen Geschäfts …«

»Mach mal halblang, Abdul … oder sollte ich Frumpel sagen?« Aahz grinste sein wildestes Grinsen. »Wir wissen, wer du bist und was du bist. Wir sind hier, um ein kleines Geschäft zu tätigen.«

»Ich hätte es wissen müssen«, raste er. »Laß dich mit Imps ein, und schon hast du Ärger am Hals. Als nächstes wißt ihr dann über alle …«

Er verstummte plötzlich und beäugte uns mißtrauisch. Seine Hand tauchte in die Falten seines Gewandes und förderte einen klaren Kristall zutage.

Er hielt ihn empor und musterte uns wie durch ein Glasauge hindurch.

»Ich hätte es wissen müssen«, schimpfte er. »Wärt ihr so freundlich, eure Tarnungen aufzuheben? Ich weiß immer gern, mit wem ich Handel treibe.«

Ich warf einen Blick zu Aahz hinüber, der zustimmend nickte.

Ich machte die Augen zu und begann, uns in unser normales Erscheinen zurückzuverwandeln.

»Ein Perverser!« Frumpel bemühte sich, dem Wort einen so widerlichen Klang wie möglich zu verleihen.

»Perfekter heißt das, wenn du mit uns ins Geschäft kommen willst«, verbesserte ihn Aahz.

»Es bleibt bei Perverser, bis ich deine Kohlen gesehen habe«, spöttelte Frumpel zurück.

Ich bemerkte plötzlich, daß er mich aufmerksam betrachtete.

»Sag mal, du bist nicht zufällig ein Imp namens Throckwoddle, wie?«

»Ich? Nein! Ich … ich bin …«

Doch er beäugte mich schon wieder durch seinen Kristall.

»Hmpf«, grunzte er und steckte ihn wieder in seine Robe. »Anscheinend bist du in Ordnung. Diesen Throckwoddle würde ich gerne in die Finger bekommen! Er hat meinen Namen entsetzlich weit hinausposaunt.«

»Sag mal, Frumpel«, unterbrach ihn Aahz. »Du bist nicht der einzige, der gern sieht, mit wem er es zu schaffen hat.«

»Hm? Oh! Nun, gut, wenn ihr darauf besteht!«

Er zog einen kleinen Handspiegel mit einer Art Zeiger auf der Rückseite aus dem Gewand, blickte in den Spiegel und drehte langsam an dem Zeiger.

Das Ergebnis war ebenso plötzlich wie erschrekkend. Nicht nur sein Gesicht, sondern sein ganzer Körper veränderte sich, nahm rundere Formen und eine ausgeprägte rötliche Tönung an. Wie ich so zusah, wurden seine Augenbrauen dichter, das Barthaar kroch das Gesicht empor wie ein lebendes Tier, und seine Augen verengten sich grauenhaft. Schon fast als Nachgedanke fielen mir seine glänzenden Hufe und die Spitze eines Schwanzes, der unter dem Saum seines Kleides herausragte, auf.

In beeindruckend kurzer Zeit hatte er sich in … nun ja, in einen Teufel verwandelt.

Trotz aller Vorbereitung empfand ich eine Spur abergläubischer Angst, als er seinen Spiegel wegsteckte und sich uns zuwandte.

»Bist du jetzt zufrieden?« grummelte er Aahz an.

»Es ist zumindest mal ein Anfang«, meinte Aahz.

»Genug der Späße!« Frumpel war plötzlich wieder aufgeregt. »Was bringt einen Perverser nach Klah?

Stippvisite in den Slums? Und wie paßt das Kind in das Ganze?«

»Er ist mein Schüler«, klärte Aahz ihn auf. »Aber laß uns zur Sache kommen. Wir haben ein Problem und hoffen, daß du uns helfen kannst. Schau, ich habe meine Kräfte verloren.«

»Was?!« explodierte Frumpel. »Ihr kommt hierher, ohne die geringste Zauberkraft, euch vor Verfolgern zu schützen? Das ist doch das letzte! Sieben Jahre habe ich dazu gebraucht, mich hier häuslich und sicher einzurichten, und da kommt so ein Idiot daher und ...«

»Hör zu, Frumpel! Wir haben dir doch erklärt, daß der Junge hier mein Lehrling ist. Er weiß mehr als genug, um uns zu schützen!«

»Ein halb ausgebildeter Lehrling! Er vertraut meine Sicherheit und mein Leben einem halb ausgebildeten Lehrling an!«

Die beiden starrten sich einige Augenblicke an, während dessen ich mich bemühte, mich ganz still und unauffällig zu verhalten.

»Also gut, da ich euch offensichtlich nicht anders loswerden kann«, grummelte Frumpel letztendlich.

Er trat an die Wand und zog eine Art Seil hinter den Teppichen hervor.

»So ist es schon besser«, sagte Aahz triumphierend.

»Setz dich und halt den Mund«, befahl unser Gastgeber.

Aahz tat wie ihm geheißen, und Frumpel machte sich daran, im Kreis um ihn herumzugehen. Dabei hielt er das Seil mal in diese, mal in jene Richtung, sprang dann und wann in den Kreis und ließ das Seil auch mal wieder schlaff hängen. Die ganze Zeit über starrte er eindringlich an die Decke, als könne er dort eine Botschaft in kleingedruckter Schrift lesen.

»Hmm ...« machte der Täufler schließlich. »Ja, ich glaube, ich kann behaupten, daß deine Kräfte völlig weg sind.«

»Großartig!« schimpfte Aahz. »Paß auf, Frumpel. Wir haben nicht den ganzen Weg hierher zurückgelegt, um etwas zu erfahren, was wir schon wissen. Ihr Täufler sollt doch in solchen Dingen angeblich etwas tun können. Also, tu etwas!«

»So leicht ist das nicht, Perverser!« schnauzte Frumpel zurück.

»Ich war schon immer überzeugt, daß der Ruf von euch Täuflern völlig übertrieben ist!«

»Hör zu, Perverser! Soll ich dir helfen oder nicht? Ich habe nicht gesagt, daß ich nichts tun könnte, nur, daß es schwierig sein würde.«

»Ich verstehe«, höhnte Aahz. »Jetzt kommt es, Kerlchen. Das Feilschen um den Preis. Ich hab dir ja gesagt, daß sie Künstler darin sind, einen auszunehmen!«

»Um genau zu sein«, erwiderte der Täufler trocken, »dachte ich an den Zeitfaktor. Es wird allerhand Zeit beanspruchen, bis ich meine Vorbereitungen getroffen habe, und was ich davon halte, euch länger als absolut notwendig hierzubehalten, daraus habe ich ja keinen Hehl gemacht.«

»Wenn das so ist, würde ich vorschlagen, daß wir anfangen«, spöttelte Aahz. »Ich habe *meinerseits* auch keinen Hehl daraus gemacht, daß wir so lange hierbleiben werden, bis ich wiederhergestellt bin.«

»Vielleicht könnten wir da ein kleines Geschäft vereinbaren. Ich bringe dich wieder in Ordnung, dafür tut ihr mir einen kleinen Gefallen.«

»Was für einen Gefallen?« erkundigte Aahz sich mißtrauisch.

Ausnahmsweise war ich einmal völlig einer Meinung mit ihm. Irgend etwas in Frumpels Stimme klang keineswegs vertrauenserweckend.

»Wirklich nur eine Kleinigkeit«, schnurrte der Täufler. »Eine Art Scheinmanöver.«

»Wir wären eher für Barzahlung«, erklärte ich fest.

»Halt den Mund, Kerlchen«, mahnte Aahz. »Was für ein Scheinmanöver, Frumpel?«

»Ihr habt vielleicht ein Pärchen bemerkt, das meinen Laden vor euch betreten hat. Das habt ihr! Gut. Dann habt ihr zweifellos auch festgestellt, daß sie sich nicht mehr an Ort und Stelle befinden.«

»Wie sind sie denn weggekommen?« fragte ich.

»Dazu komme ich gleich«, lächelte Frumpel. »Wie dem auch sei, ihre Geschichte ist ebenso interessant wie landläufig. Ich will euch die Einzelheiten ersparen, jedenfalls geht es um junge Liebende, deren Familien sie nicht zusammenkommen lassen wollen. In ihrer Verzweiflung haben sie sich an mich gewandt mit der Bitte um Hilfe. Ich tat ihnen den Gefallen, sie in eine andere Dimension zu schicken, wo sie glücklich zusammenleben können und nicht das Einschreiten ihrer Familien befürchten müssen.«

»Gegen eine Gebühr, selbstverständlich«, kommentierte Aahz trocken.

»Selbstverständlich«, lächelte Frumpel.

»Aber, Aahz!« schalt ich. »Das war doch anständig von ihm, auch wenn er dafür bezahlt worden ist.«

»Sehr richtig!« lobte der Täufler. »Du bist für dein Alter schon sehr einsichtig. Jedenfalls hat meine Großmut mich in eine ziemlich mißliche Lage gebracht. Wie ihr sicher schon bemerkt habt, bin ich sehr besorgt um mein Ansehen in dieser Stadt. Dieses Ansehen könnte in Gefahr geraten, wenn Verwandte der jungen Leute ihre Spur bis zu meinem Laden, aber nicht weiter verfolgen können.«

»Das muß ja eine saftige Gebühr gewesen sein«, murmelte Aahz.

»Mein Vorschlag wäre nun: Für meine Hilfe möchte ich euch bitten, euch als dieses Paar zu verkleiden und eine falsche Spur weg von meinem Laden zu legen.«

»Wie lang soll diese falsche Spur sein?« fragte ich.

»Och, nicht besonders aufwendig. Gerade genug, um von den Stadtbewohnern gesehen zu werden und die Aufmerksamkeit von meinem Laden abzulenken. Sobald ihr außer Sichtweite der Siedlung seid, könnt ihr euch zurückverwandeln und wiederkommen. In der Zwischenzeit werden auch meine Vorbereitungen für deine Heilung abgeschlossen sein. Na, was meint ihr? Ist das ein Geschäft?«

›Das Geheimnis, wie man die Unterstützung breiter Gruppen der Bevölkerung gewinnt, ist positives Denken‹
N. BONAPARTE

13

»Die Leute gaffen uns an, Aahz.«

»Immer mit der Ruhe, Kind. Das sollen sie ja.«

Um dieses Argument zu unterstreichen, nickte er

einer Schar finster dreinblickender Einwohner zu und winkte auch noch. Sie winkten nicht zurück.

»Ich weiß absolut nicht, warum ich das Mädchen spielen muß.«

»Das haben wir doch schon ausreichend diskutiert. Du hast eher einen mädchenhaften Gang als ich.«

»Du und Frumpel behaupten das. Ich habe überhaupt keinen Gang wie ein Mädchen!«

»Na, sagen wir, ich habe einen weniger mädchenhaften Gang als du.«

Gegen solche Logik anzukommen war schwer, also wechselte ich das Thema.

»Aahz, bist du eigentlich überzeugt, daß wir ein gutes Geschäft gemacht haben?«

»Wie meinst du das?«

»Na, nach allem, was du mir erzählt hast, müssen wir etwas übersehen haben, wenn wir glauben, mit einem Täufler ein gutes Geschäft gemacht zu haben.«

»Du sprichst natürlich aus dem reinen Schatzkästlein deiner Erfahrungen«, antwortete Aahz sarkastisch. »Wer hat dir denn so viel über das Handeln mit Täuflern erzählt?«

»Du!« antwortete ich zutreffend.

»Hm. Du hast recht, Kerlchen. Vielleicht war ich ein bißchen voreilig.«

Normalerweise wäre ich in Begeisterungsstürme ausgebrochen, hätte Aahz einmal zugegeben, daß ich recht hatte. In der augenblicklichen Situation jedoch ließ es mich nur noch weit unbehaglicher fühlen.

»Was machen wir jetzt?« fragte ich.

»Nun, gewöhnlich halte ich mich ehrlich an einen Handel, solange ich nicht das Gefühl habe, übers Ohr gehauen worden zu sein. Diesmal hast du mich jedoch so mißtrauisch gemacht, daß wir die Vereinbarungen ein wenig modifizieren werden.«

»Wieder mal situationsbedingte Ethik?«

»Genau!«

»Was machen wir also?«

»Schau dich mal nach einem relativ verschwiegenen Ort um, wo wir uns verwandeln könnten, ohne beobachtet zu werden.«

Ich begann, mit den Augen die Straßen und Alleen abzusuchen, die sich vor uns erstreckten. Mein Unbehagen steigerte sich in Panik und trieb meine Suche gewaltig an.

»Ich wünschte, wir hätten unsere Waffen dabei!« murmelte ich.

»Hör sich einer den an!« sagte Aahz höhnisch. »Es ist noch gar nicht so lange her, daß du mir weismachen wolltest, Zauberer bräuchten keine Waffen. Komm, Kind! Was würdest du denn mit einer Waffe anfangen können, wenn du eine hättest?«

»Wenn du's genau wissen willst, ich wollte, *du* hättest eine bei dir.«

»Oho! Gut gesagt! Sag mal ... äh ... Kind? Siehst du dich noch nach einer geeigneten Stelle um?«

»Ja, ein paar Möglichkeiten hab ich schon ausgemacht.«

»Dann vergiß sie. Sieh dich nach etwas Großem mit vielen Ausgängen um.«

»Weshalb dieser Strategiewechsel?« wollte ich wissen.

»Wirf mal einen Blick über deine Schulter ... ganz unauffällig!«

Ich tat wie geheißen, wenn auch vielleicht nicht so unauffällig, wie es möglich gewesen wäre. Es stellte sich allerdings heraus, daß meine schauspielerische Fähigkeiten unsere geringste Sorge waren.

Eine Menschenmenge folgte uns. Sie warfen uns düstere Blicke zu und murmelten irgend etwas vor sich hin. Ich wollte verzweifelt daran glauben, daß wir nicht Mittelpunkt ihrer Aufmerksamkeit waren, doch die Fakten waren nicht zu übersehen. Sie folgten eindeutig uns, und unterwegs wurden es ständig mehr.

»Aber warum verfolgen sie uns? Was wollen sie?«

»Nun, ich bin mir freilich nicht ganz sicher, aber ich nehme an, daß es etwas mit unseren Verkleidungen zu tun hat.«

»Was machen wir also?«

»Wir gehen weiter, und hoffen, daß uns eine Soldatenpatrouille über den Weg läuft, die wir um Hilfe bitten könnten.«

Ein erster Stein schlug vor uns aufs Pflaster, vermutlich hatte ihn einer der Leute geworfen.

»... oder ...«, revidierte Aahz eilig, »wir bleiben auf der Stelle stehen und finden heraus, was das Ganze soll.«

»Wir könnten weglaufen«, schlug ich voller Hoffnung vor. Aahz machte sich jedoch bereits an die Ausführung seines vorhergegangenen Vorschlags.

Er blieb unvermittelt stehen und drehte sich auf der Ferse um, daß er der Menge ins Gesicht sah.

»Was soll das bedeuten?« brüllte er der näherrükkenden Masse entgegen.

Angesichts dieser direkten Ansprache kam die Menge zum Stehen, wobei die hinteren Reihen auf die vorne aufliefen, die schon halt gemacht hatten. Sie schienen von Aahz' Verhalten ziemlich verwirrt und schweiften ziellos umher. Ich war angenehm überrascht vom Erfolg des Manövers, das mein Begleiter in die Wege geleitet hatte, aber für Aahz war ganz gut niemals gut genug.

»Also?« fragte er und trat auf sie zu. »Ich warte auf eine Erklärung.«

Einen Augenblick lang wich die Menge vor ihm zurück. Dann ertönte eine Stimme aus dem Hintergrund.

»Wir wollen wissen, was nun mit unserem Geld los ist?«

Dies gab den Anstoß.

»Ja? Wo ist unser Geld geblieben?«

Mehrere andere griffen die Frage auf, und die Menge begann zu schimpfen und wieder auf uns zuzurücken.

Aahz wich keinen Schritt und hob Stille gebietend die Hand.

»Was ist mit Eurem Geld?«

»Oh, nein, diesmal nicht!« kam eine besonders bedrohliche Stimme. »Diesmal wird es Euch nicht noch einmal gelingen, Euch so herauszureden.«

Ein kräftiger, kahlköpfiger Mann bahnte sich seinen Weg durch die Menge, mit einem Schlachtermesser in der Hand baute er sich vor Aahz auf.

»Mein guter Mann«, flötete Aahz durch die Nase. »Wenn Ihr damit sagen wollt ...«

»Jetzt aber schnell!« schnauzte der Mann. »Ganz schnell! Herr, wir waren schon allzu geduldig mit Euch. Wir hätten Euch gleich das erste Mal, als Ihr Euren betrügerischen Anti-Dämonen-Zauber vorgeführt habt, aus der Stadt jagen sollen. Ganz recht, ich sagte betrügerisch! Ein paar von uns wußten es von Anfang an. Jeder, der nur über ein bißchen Bildung verfügt, weiß, daß es so was wie Dämonen nicht gibt.«

Einen Augenblick lang war ich in Versuchung, Aahz' Tarnung fallen zu lassen.

»Wir haben genug von Euren Erklärungen. Das haben wir Euch schon vor drei Tagen gesagt, als wir Euch noch zwei Tage Zeit ließen, uns entweder die Zauberformel oder unser Geld zurückzugeben.«

»Solche Dinge brauchen ihre Zeit ...«

»Diese Ausrede habt Ihr schon überstrapaziert. Gestern ist Eure Zeit abgelaufen. Entweder bekommen wir nun unser Geld oder ...«

»Gewiß, gewiß.« Aahz hob besänftigend die Hände. »Gebt mir nur einen Augenblick, um mich mit meiner Partnerin zu unterhalten.«

Er lächelte der Menge zu, als er mich beim Arm nahm und beiseite zog.

»Was machen wir jetzt, Aahz?«

»*Jetzt* laufen wir weg«, antwortete er ruhig.

»Wie?« fragte ich dümmlich nach.

Doch ich sprach ins Leere. Aahz fußelte bereits die Straße hinab.

Ich versuchte, ihn einzuholen. »Sie holen auf.«

»Wirst du mir helfen, mich nach etwas umzuschauen?«

»Klar. Was suchen wir?«

»Ein Paar, das ungefähr wie wir gekleidet ist«, erwiderte er.

»Und was machen wir, wenn wir sie gefunden haben?«

»Ganz einfach«, erklärte Aahz. »Wir arrangieren einen Zusammenstoß, und im Gewühle verwandelst du unsere Erscheinungen in ihre, dann kann der Mob sie in Stücke reißen.«

Ich begann, mich nach einem ähnlich gekleideten Pärchen umzusehen. Das ist schwerer, als man glaubt, wenn man wie verrückt rennt und einen Mob auf den Fersen hat.

Unglücklicherweise lief uns niemand über den Weg, der zu passen schien. Wen immer wir darstellen mochten, die beiden schienen in ihrer Aufmachung recht einzigartig zu sein.

»Ich wünschte, ich hätte eine Waffe bei mir«, beklagte sich Aahz.

»Das haben wir ja schon ausdiskutiert«, erinnerte ich ihn. »Abgesehen davon, was würdest du unternehmen, wenn du eine hättest? Das einzige, womit wir sie zum Halten bringen könnten, wäre ein Feuerring.«

»Heh! Das hatte ich ja ganz vergessen«, keuchte Aahz.

»Und dann? Wir können ihn nicht anwenden.«

»Tatsächlich? Warum denn nicht?«

»Weil sie dann wüßten, daß wir Magiker sind.«

»Das spielt keine Rolle mehr, wenn sie tot sind.«

Situationsbedingte Ethik oder nicht, mir drehte sich der Magen um bei der Vorstellung, so viele Leute umzubringen.

»Warte, Aahz!« rief ich.

»Paß auf, Kerlchen.« Er grinste und streckte die Hand in ihre Richtung aus. Nichts rührte sich.

›Eine kleine Hilfe zur rechten Zeit ist besser als eine große Hilfe zur Unzeit‹
TEWJE

14

»Komm schon, Aahz!« brüllte ich verzweifelt und kippte einen Obststand vor der Menge auf den Weg.

Nun, da es schien, als seien meine Mitmenschen vor Aahz sicher, wandte sich meine Besorgnis wieder der Frage zu, inwieweit er vor ihnen in Sicherheit zu bringen war.

»Ich kann es nicht fassen!« rief Aahz, als er einen Satz zurück machte.

»Was?«

»Daß ich an ein und demselben Tag einem Täufler und einem Imp auf den Leim gekrochen bin. Wenn wir hier rauskommen, geb ich dir die Erlaubnis, mich zweimal kräftig in den Hintern zu treten.«

»Abgemacht«, keuchte ich.

»Schau, Kerlchen, wir sind gerettet!« Aahz deutete aufgeregt nach vorn, wo eine uniformierte Patrouille vorüberzog.

Unser Anmarsch auf die Soldaten war so lärmend, daß alle anhielten und der Jagd zusahen. Einer von ihnen, der etwas weniger schmuddelig war als die übrigen, hatte sich innerhalb der Gruppe nach vorne gedrängt und schaute uns nun mit überkreuzten Armen spöttisch entgegen.

Aahz drängte mich beiseite. »Seid Ihr der diensthabende Offizier, Sir?«

»Das bin ich«, antwortete der Mann.

»Nun, es sieht ganz so aus, als ob diese ... Bürger«, er deutete voller Abscheu auf unsere Verfolger, »uns körperlichen Schaden zufügen wollten. Eine eklatante Mißachtung Eurer Autorität ..., Sir.«

»In Ordnung. Ihr hier wißt, daß das Gesetz den Bürgern verbietet, sich gegenseitig Verletzungen zuzufügen«, begann er.

Die Menge fing an, düster vor sich hinzumurmeln, doch der Offizier gebot ihnen mit einer Handbewegung zu schweigen.

»Ich weiß, ich weiß. Uns gefällt das auch nicht. Wenn es nach uns ginge, ließen wir euch eure Streitigkeiten austragen und brächten unsere Zeit in den Kneipen zu. Aber es geht nicht nach uns. Wir müssen die Gesetze genauso wie ihr befolgen, und das Gesetz besagt, daß allein das Militär die Rechtsprechung ausübt und die Strafen an der Bürgerschaft vollzieht.

Ich weiß zwar, daß ihr diese beiden gerne zu Gulasch verarbeiten würdet, aber ich darf es nicht zulassen. Sie müssen gehenkt werden, wie das Gesetz es befiehlt.«

»Was?«

Ich bin mir nicht sicher, ob ich oder Aahz diese Frage herausgebrüllt hatte oder wir beide zusammen. Wer immer es war, jedenfalls wurde die Frage vom Jubelgeschrei der Menge übertönt.

Ein Soldat packte meine Handgelenke und drehte sie mir schmerzhaft auf den Rücken. Als ich mich umsah, stellte ich fest, daß man mit Aahz das gleiche machte. Es erübrigt sich wohl zu sagen, daß dies nicht die Art von Unterstützung war, wie wir sie uns erhofft hatten.

»Was habt ihr denn erwartet?« verhöhnte uns der

Offizier. »Wenn ihr von der Armee Hilfe wolltet, dann hättet ihr uns nicht auf eure Kundenliste setzen dürfen.«

Man trieb uns nun zu einem einzeln stehenden Baum.

»Psst, Kerlchen!« flüsterte Aahz.

»Was denn noch?« murmelte ich verbittert.

»Wenn sie dich hängen, flieg!«

»Was?«

Wider Willen erfüllte mich plötzlich neue Hoffnung.

»Jetzt aber, Kerlchen! Wach auf! Flieg! Wie ich es dir unterwegs beigebracht habe.«

»Sie würden mich doch nur abschießen.«

»Nicht wegfliegen, Dummerchen! Nur fliegen. Am Ende des Seils schweben und zappeln. Sie werden glauben, du bist erhängt.«

Ich dachte darüber nach ... angestrengt darüber nach. Es könnte funktionieren, aber ... Ich bemerkte, daß man die Schlingen über einen tiefen Ast des Baumes warf.

»Aahz! Ich kann das nicht. Ich kann nicht uns beide levitieren, so gut bin ich noch nicht.«

»Nicht uns beide, Kind. Nur dich. Mach dir um mich keine Gedanken.«

»Aber ... Aahz!«

Unsere Zeit war abgelaufen. Grobe Hände schoben uns nach vorn und zogen uns die Schlingen über die Köpfe.

Ich begriff sofort, daß ich gar nicht die Zeit hatte, mir um Aahz Gedanken zu machen.

Ich brauchte meine ganze Konzentration, und selbst dazu war es höchste Zeit.

Ich schloß die Augen und suchte verzweifelt nach einer Kräftelinie in der Luft. Da war eine ... schwach zwar, aber sie war da. Ich begann, mich auf sie einzustellen.

Die Schlinge zog sich um meinen Hals zusammen, und ich spürte, wie meine Füße vom Boden abhoben. Ich fühlte Panik in mir aufsteigen und kämpfte sie nieder.

Eigentlich war es besser so. Sie mußten ja mein Körpergewicht spüren, wenn sie mich hochzogen. Ich konzentrierte mich wieder auf die Kräftelinie ... Energien abziehen ... sie umdirigieren.

Ich spürte, wie sich das Seil leicht entspannte. Ich bekam Luft! Nicht viel, das stimmte, aber ausreichend zum Überleben. Was mußte ich sonst noch tun? Ach ja, zappeln. Ich trat leicht mit den Beinen umher und versuchte zu zittern. Das hatte jedoch zur Folge, daß die Schlinge sich stärker zuzog. Ich beschloß, eine andere Taktik anzuwenden. Ich ließ meinen Kopf zur Seite baumeln und streckte seitlich die Zunge aus dem Mundwinkel.

Es klappte. Ein plötzliches Anschwellen der Pfiffe aus der Menge belohnte meine Bemühungen.

Ich behielt diese Stellung bei.

Meine Zunge trocknete schnell aus, ich zwang mich jedoch, nicht daran zu denken.

Der arme Aahz. Trotz all seiner Grummligkeit und seiner Behauptung, lediglich an sich selbst zu denken, hatte seine letzte Besorgnis meinem Wohlergehen gegolten. Ich schwor mir, wenn ich hier wegkäme ...

Ich dachte gerade noch daran, nicht mehr zu fliegen, ehe sie das Seil abschnitten, als sie unsere Leichen abnahmen, um sie als Warnung an den Stadtrand zu legen. Ich biß mir auf die Zunge, als ich landete und wagte, sie in den Mund zurückzuziehen. Niemand bemerkte etwas.

Unsichtbare Hände packten mich unter den Armen und an den Fußknöcheln, und unsere Reise zur Stadtgrenze begann.

Nun, da ich wußte, daß man mich nicht begraben würde, wandten sich meine Gedanken wieder meiner Zukunft zu. Ich würde mir Frumpel und Isstvan vorknöpfen. Das war ich Aahz schuldig.

»Hier wird es wohl weit genug sein. Wir schmeißen sie einfach hier hinunter!«

Es ertönte ein Chor allgemeiner Zustimmung, und schon flog ich wieder durch die Luft. Ich versuchte, mich für den Aufprall zu entspannen, doch als ich wirklich am Boden aufschlug, blieb mir die Luft weg.

Wenn ich mich weiter um die Kunst des Fliegens bemühen würde, müßte ich mehr Zeit zur Einübung von Notlandungen aufwenden.

Ich lag reglos da. Ich konnte die Soldaten schon nicht mehr hören, ich wollte jedoch noch nicht riskieren, aufzusitzen und womöglich zu offenbaren, daß ich gar nicht tot war.

»Willst du den ganzen Tag hier liegenbleiben, oder hilfst du mir, meine Fesseln zu lösen?«

Unwillkürlich riß ich die Augen auf. Neben mir saß Aahz und grinste auf mich herunter.

Vernünftigerweise blieb hier nur eines zu tun, und das tat ich denn auch. Ich fiel in Ohnmacht.

›Jeder, der den Ausdruck
›easy as taking candy from a baby‹
benutzt, hat noch niemals versucht,
einem Kind ein Bonbon abzunehmen‹
ROBIN HOOD

15

»Können wir uns jetzt rühren?« fragte ich.

»Noch nicht, Kerlchen. Warte, bis die Lichter einen ganzen Tag lang ausgeblieben sind.«

»Eine ganze Stunde meinst du.« Er hatte immer noch die Schwierigkeiten mit den Zeiteinheiten.

»Egal. Jetzt halt den Mund und paß auf.«

Wir warteten am Ende der Sackgasse gegenüber Frumpels Geschäft. Obwohl wir mit unseren neuen Tarnungen vermutlich sicher waren, war mir unbehaglich zumute in der Stadt, wo man uns aufgehängt hatte. Es ist schwierig, dies jemandem begreiflich zu machen, der sich noch nicht in der gleichen Lage befunden hat. Außerdem war es auch komisch, mit Aahz zusammen zu sein, nachdem ich mir vorgestellt hatte, er sei tot.

Offensichtlich sind die Halsmuskeln eines Perfekten erheblich stärker als die eines Menschen.

Aahz hatte einfach jene Muskeln angespannt, die dann verhinderten, daß ihm die Schlinge die Luftzufuhr abschnitt.

»Okay, Kerlchen«, flüsterte Aahz. »Ich glaube, wir haben nun lange genug gewartet.«

»Wie kommen wir denn rein?«

»Wie gewöhnlich, durch die Tür.«

»Ich hätte nicht gedacht, daß das so einfach geht.«

»Holla! Keiner hat behauptet, daß es leicht wird. Die Tatsache, daß die Tür offensteht, heißt noch nicht, daß die Tür offensteht.«

»Das kapier ich nicht ganz, Aahz.«

»Denk mal nach, Kerlchen. Wir sind doch hinter einem Täufler her, stimmt's? Dem stehen alle Arten von Zaubereien und Tricks zur Verfügung. Deshalb schließt du jetzt mal die Augen und betrachtest die Tür auf andere Weise.«

Ich tat, wie er verlangte. Augenblicklich erfaßte mein Denken das Bild eines Käfigs, der den gesamten Laden umschloß.

»Er hat eine Art Schutzwall aufgebaut, Aahz«, informierte ich meinen Partner.

Es kam mir in den Sinn, daß eine derartige Struktur mich noch vor wenigen Wochen in Furcht und Schrekken versetzt hätte. Nun akzeptierte ich sie dagegen als relativ normal, lediglich als ein weiteres Hindernis, das es zu überwinden galt.

»Beschreib ihn mir mal«, forderte Aahz mich auf.

»Also ... er ist hell ... ein weißliches Purpur ... eine Reihe von Gittern und Querstäben, die Quadrate in der Größe von einer Handfläche bilden ...«

»Nur über der Tür oder um den ganzen Laden?«

»Über den ganzen Laden. Oben ist es zu, und die Gitterstände sind in den Boden eingelassen.«

»Hm. Wir werden einfach durchgehen müssen. Hör zu, Kerlchen. Zeit für deine nächste Lektion.«

»Und wir wollen durch das Ding durch?« fragte ich ungläubig.

»*Nach* deiner Schnellektion. So, erinnerst du dich an deine Federübung? Wie du zur Kontrolle deinen Geist um die Feder legen mußtest?«

»Hm, ja«, sagte ich verwirrt.

»Nun, ich möchte, daß du das gleiche ohne Feder machst. Tu, als hieltest du etwas, das es gar nicht gibt. Forme die Energien zu einer Röhre.«

»Und dann?«

»Dann führst du die Röhre in eines der Quadrate ein und dehnst sie aus.«

»Das ist alles?«

»Das ist alles. So. Versuch's mal.«

Ich schloß die Augen und ließ mein Denken ausströmen. Nachdem ich mir ein Quadrat über der offenstehenden Tür ausgesucht hatte, führte ich meine erdachte Röhre ein und drückte gegen die Seiten. Sie gaben langsam nach. Nach einer gewaltigen Anstrengung hatte ich die Röhre über zwölf Quadrate erweitert.

»Hast du's geschafft?« Aahz' Flüstern klang besorgt.

»Ja, eine Sekunde noch ... jetzt!«

Die Röhre war nun groß genug, daß wir hindurchkriechen konnten.

»In Ordnung! Dann geh du voraus. Ich halte mich direkt hinter dir.«

Es war schon recht seltsam: diesmal empfand ich keinen meiner üblichen Zweifel, als ich kühn über die Straße auf den Laden zuschritt. Offenbar wuchs mein Vertrauen in meine Fähigkeiten, denn ich zögerte nicht einmal, in die Röhre hineinzukriechen.

Als wir uns schließlich im Laden befanden, zog Aahz als erstes die Vorhänge zu. Meine Augen hatten sich nun fast an die Dunkelheit gewöhnt. In der Ecke lag ein schwer atmendes Bündel. Frumpel!

Ich fühlte eine Hand auf meiner Schulter. Aahz deutete auf eine Öllampe auf dem Tisch. Ich schoß einen schnellen Energiestrahl ab, worauf sogleich eine Flamme am Docht aufloderte und den Verkaufsraum erhellte.

Aahz kniete mit dem Messer in der Hand neben Frumpel nieder. Offensichtlich war es ihm trotz der Dunkelheit gelungen, eine unserer Waffen wiederzufinden.

Frumpel setzte sich blinzelnd hoch und erstarrte plötzlich zu Eis. Aahz hielt die Spitze des Messers eine Haaresbreite von Frumpels Kehle entfernt.

»Hallo, Frumpel«, lächelte Aahz. »Erinnerst du dich noch an uns?«

»Ihr?« keuchte der Täufler. »Ihr seid doch angeblich tot!«

»Tot?« schnurrte Aahz. »Wie könnte uns denn nur ein Leid geschehen, wo doch unser alter Kumpel Frumpel sich gemeinsam mit der Bürgerschaft um uns sorgt?«

»Meine Herren!« kreischte unser Opfer. »Hier muß ein Mißverständnis aufgetreten sein!«

»Hör zu, Frumpel! Wir sind sowohl in der Lage wie auch willens, dich umzubringen. Klar?«

»Aber ich ...«

»Klar?«

Aahz ließ die Messerspitze über Frumpels Haut streifen.

»Klar«, flüsterte der Täufler.

»Dann ist es ja gut«, erklärte Aahz und steckte das Messer in seinen Gürtel zurück. »Dann wollen wir jetzt übers Geschäft reden.«

»Ich ... ich verstehe nicht ganz«, stammelte Frumpel und rieb sich mit einer Hand den Hals, als wolle er sich überzeugen, ob er auch noch heil war.

»Das soll heißen«, erläuterte Aahz, »daß uns deine Hilfe wichtiger ist als unsere Rache. Aber freu dich nicht zu früh. So leicht ist uns die Entscheidung auch wieder nicht gefallen.«

»Ich ... ich verstehe. Was kann ich für euch tun?«

»Jetzt stell dich nicht an, Frumpel. Du kannst unsere alte Abmachung einhalten.«

»Das kann ich eben nicht!« jammerte Frumpel. »Nicht, daß ich deine Kräfte nicht wiederherstellen will. Ich kann es nicht! Ich weiß nicht, was mit dir los ist oder wie man dem begegnen kann. Deshalb habe ich euch auch den Mob auf den Hals gehetzt. Ich hatte Angst, ihr würdet mir nicht glauben, wenn ich es euch gesagt hätte. Ich habe zuviel Zeit aufgewandt, mich hier fest zu etablieren, als daß ich es riskieren könnte, von einem unzufriedenen Kunden bloßgestellt zu werden. Es tut mir leid, ehrlich, und ich weiß, daß ihr mich vermutlich umbringen werdet, aber ich kann dir nicht helfen.«

›Nur weil etwas nicht in der Weise funktioniert,
wie man es geplant hatte, ist es nicht gleich nutzlos‹
T. EDISON

16

»Hm«, machte Aahz gedankenverloren. »Du bist also machtlos, meine Macht wiederherzustellen?«

»Heißt das, daß wir ihn nun trotzdem umbringen?« fragte ich eifrig.

»Nur die Ruhe, Kerlchen. Die Tatsache, daß er meine Kräfte nicht wiederherstellen kann, heißt noch lange nicht, daß er deshalb völlig nutzlos für uns wäre. Ich bin sicher, daß er überglücklich sein wird, uns helfen zu können, insbesondere, da er unser altes Geschäft noch nicht beglichen hat. Hab ich recht, Frumpel?«

»Aber gewiß doch. Ich werde alles tun, um die Unannehmlichkeiten, die ich euch verursacht habe, wiedergutzumachen.«

»Unannehmlichkeiten?« fragte ich ungläubig.

»Ruhig, Kerlchen. Nun, Frumpel, als erstes kannst du uns einmal unsere Sachen zurückgeben, die wir bei unserem letzten Besuch hiergelassen haben, ehe wir zu unserer kleinen Mission aufbrachen. Und weiter: Sagt dir der Name Isstvan etwas?«

»Nein. Sollte er das?«

»Wenn du am Leben bleiben willst, ja. Es ist ein verrückter Magiker, der alle Dimensionen übernehmen und mit dieser hier beginnen will.«

»Was geht mich das an?« Frumpel runzelte die Stirn. »Wir Täufler treiben mit jedem Handel, der unsere Preise zahlen kann. Wir befassen uns nicht mit politischen Implikationen oder dem Geisteszustand unserer Geschäftspartner. Wenn wir nur mit den Vernünftigen Handel trieben, würde das unsere Geschäfte auf ein Drittel reduzieren ... vielleicht sogar weniger.«

»Diesmal beschäftigst du dich besser damit. Vielleicht hast du mich nicht ganz verstanden. Isstvan will mit dieser Dimension anfangen. Um das durchzuführen, muß er hier all jene umbringen, die über das

Anzapfen von Energien Bescheid wissen. Der läßt nicht mit sich handeln.« Aahz nickte bedeutungsvoll.

»Hm. Interessante Theorie, aber wo ist der Beweis dafür – ich meine, wen soll er denn umgebracht haben?«

»Zumindest schon mal Garkin«, sagte ich trocken.

»Das stimmt«, pflichtete Aahz mir bei. »Du warst doch so begierig zu wissen, warum wir beide zusammen reisen. Nun, Skeeve hier war Garkins Lehrling, bis Isstvan seine Mörder geschickt hat, um diese Konkurrenz auszulöschen.«

»Mörder?«

»Ganz recht. Zwei von ihnen hast du gesehen, das waren die beiden Imps, die du vor einer Woche teleportiert hast.« Aahz breitete den Mantel aus, den wir vor einer Woche von dem Mörder ergattert hatten.

»Woher, meinst du, haben wir das? Von einem Wohltätigkeitsbasar?«

»Hm«, kommentierte der Täufler.

»Und er rüstet sie mit hochtechnisierten Waffen aus. Wie kannst du uns nun helfen?«

»Ich habe keine Waffen auf Lager. Ich wüßte wirklich nicht ...«, gestand der Täufler. »Es sei denn ... ich hab's! Ich könnte euch auf den Basar schicken!«

»Den Basar?« fragte ich.

»Den Basar auf Tauf! Wenn ihr dort nicht findet, was ihr braucht, dann existiert es überhaupt nicht. Warum habe ich daran nur nicht früher gedacht? Das ist die Lösung!«

Nun war er auf den Beinen und trat auf uns zu.

»Ich weiß, ihr habt es eilig, deshalb will ich mich gleich an die Arbeit machen ...«

»Nicht so hastig, Frumpel!« Aahz hatte sein

Schwert gezückt und hielt es drohend gegen Frumpel gerichtet.

»Wir hätten gern eine Garantie, daß wir hier auch eine Rückfahrkarte buchen.«

»Ich … ich verstehe nicht.«

»Ganz einfach. Du hast schon einmal versucht, uns loszuwerden. So kommt mir der Gedanke, daß du uns vielleicht in irgendeine Hinterwalddimension schickst, von der wir nicht mehr wegkommen.«

»Aber ich gebe euch mein Wort, daß …«

»Dein Wort wollen wir nicht«, grinste Aahz. »Wir möchten deine Anwesenheit.«

»Was?«

»Wo wir sind, sollst auch du sein. Du begleitest uns, nur um sicherzugehen, daß wir auch zurückkommen.«

»Aber das kann ich doch nicht!« sagte Frumpel mit ehrlichem Entsetzen. »Ich bin von Tauf verbannt worden. Du weißt nicht, was die mit mir machen, wenn ich zurückkehre.«

»Das ist ja ein Jammer. Aber wir möchten vor der Buchung eine Rückfahrgarantie, und das bist du!«

»Warte einen Augenblick! Ich glaube, ich habe eine Lösung!«

Der Täufler begann hektisch in seinen Truhen zu wühlen. Ich beobachtete fasziniert, was für eine erstaunliche Ansammlung seltsamer Gegenstände er dabei zutage förderte.

»Da ist es ja!« rief er schließlich und hielt seine Beute in die Höhe.

Es sah aus wie eine Metallstab, der etwa achtzehn Zentimeter lang und fünf Zentimeter breit war. An der Seite hatte er merkwürdige Zeichen und am Ende einen Knopf.

»Ein D-Hüpfer!« rief Aahz. »Seit Jahren habe ich keinen mehr gesehen!«

Frumpel warf ihn ihm zu.

»Komm, Kerlchen!« Aahz stellte auf dem D-Hüpfer bereits die Koordinaten ein. »Packen wir's!«

»Nur einen Augenblick noch, Aahz. Ich möchte mein Schwert holen«, bremste ich.

»Laß es hier. Wir können es auf dem Rückweg mitnehmen.«

»Sag mal, Aahz, wie lange dauert eigentlich die Fahrt zwischen den Dimensionen ...«

Plötzlich lösten sich die Wände von Frumpels Hütte in ein Kaleidoskop von Farben auf.

»Nicht lange, Kerlchen. Wir sind schon da.«

Und so war es auch.

›Sie finden hier die Wunder der Zeitalter zu Ihrer Bildung
und Unterhaltung zusammengetragen —
doch das hat seinen Preis‹
TUTANCHAMUN

17

Wenn ich auch wußte, daß meine Heimatdimension nicht besonders farbenprächtig war, so hielt ich sie doch nicht für trostlos ... bis ich einen ersten Blick auf den Basar von Tauf warf.

Er schien sich endlos in alle Richtungen zu erstrekken, soweit das Auge reichte. Zelte und Buden aller

Muster und Farben standen in unregelmäßigen Haufen beieinander und drängten sich um mehr Platz.

Überall waren Tausende von Täuflern aller Altersstufen. Große, dicke, lahme, glatzköpfige, alles schob einander umher wie eine große wogende Masse mit vielen Köpfen und Schwänzen. Auch andere Wesen fanden sich vereinzelt in der Menge. Einige sahen wie zu Leben erwachte Alpträume aus; andere erkannte ich erst als Lebewesen, als sie sich rührten; alle verursachten jedoch einen Heidenlärm.

Dieser Lärm! Nach dem zurückgezogenen Leben mit Garkin war mir Twixt bereits als geräuschvoll erschienen; das Getöse, das mir jedoch hier um die Ohren brauste, war unbeschreiblich.

»Willkommen auf Tauf, Kerlchen!«

Aahz vollführte eine ausholende Geste.

»Was hältst du davon?«

»Laut ist es hier«, bemerkte ich.

»Was?«

»Ich sagte, es ist laut hier!« brüllte ich.

»Oh, ja. Es ist schon ein wenig lebendiger hier als auf einem eurer Vieh- oder Fischmärkte.«

»Na schön, Aahz, da wir nun einmal hier sind, wohin gehen wir nun?«

Ich erhielt keine Antwort. Ich lenkte meinen Blick vom Markttreiben auf meinen Partner. Der stand reglos und schnüffelte in die Luft.

»Aahz?«

»He, Kerlchen, riechst du das?« fragte er begierig.

Ich schnüffelte ebenfalls.

»Ja«, witzelte ich. »Was ist denn da eingegangen?«

»Komm mit, Kerlchen. Komm mit!«

Er tauchte in die Menge und ließ mir keine andere Wahl, als seiner Spur zu folgen.

Der widerliche Gestank wurde merklich stärker.

»Das«, erklärte Aahz feierlich und blieb vor einem kuppelförmigen Zelt stehen, »ist der Duft der Küche von Perf.«

»Essen? Wir haben diesen ganzen Weg gemacht, daß du ein Essen bekommst?«

»Eins nach dem anderen, Kerlchen! Seit Garkin mich mitten aus einer Party rausgerissen hat, habe ich keine anständige Mahlzeit mehr gesehen.«

»Aber wir wollten doch nach einem Mittel gegen Isstvan suchen.«

»Immer mit der Ruhe, Kerlchen! Mit vollem Magen kann ich besser feilschen. Warte hier, ich brauche nicht lange.«

»Hier warten? Warum kann ich nicht mitkommen?«

»Ich glaube nicht, daß dir das gefallen würde. Für jemanden, der nicht von Perf stammt, sieht es noch schlimmer aus, als es riecht.«

Es fiel mir schwer, dies zu glauben.

»Ich habe keinen schwachen Magen. Als ich im Wald gelebt habe, habe ich allerhand ekliges Zeug essen müssen.«

»Ich will dir was sagen, Kerlchen, das Hauptproblem bei Perfekter-Gerichten ist, das Zeug davon abzuhalten, aus dem Teller zu kriechen, während man es ißt.«

»Ich werde auf dich warten«, entschied ich.

»Gut. Wie schon gesagt, werde ich nicht lange brauchen. Du kannst ja den Drachen zuschauen, bis ich zurück bin.«

»Drachen?« fragte ich, doch er war schon hinter den Zeltbahnen verschwunden.

Ich drehte mich langsam um und besah mir die Szene hinter mir.

Drachen! Keine fünf Meter von meinem Platz entfernt befand sich ein riesiger Pferch voller Drachen. Die meisten Tiere waren an der hinteren Wand festgemacht, weshalb ich sie bisher nicht gesehen hatte.

Ich hatte niemals zuvor einen Drachen gesehen, aber die Exemplare im Pferch entsprachen durchaus meiner Vorstellung. Sie waren riesig, mit gut drei bis viereinhalb Meter Schulterhöhe und reichlich neun Meter Länge. Ihre Hälse waren lang und schlangenartig, und ihre bekrallten Pfoten hieben Löcher in den Boden, wenn sie nervös ihr Gewicht von einem Bein aufs andere verlagerten.

Ich war überrascht angesichts der vielen verschiedenen Arten. Niemals war es mir in den Sinn gekommen, daß es mehr als einen Drachentyp geben könnte, hier hatte ich jedoch den lebendigen Gegenbeweis. Neben den grünen Drachen, die ich mir immer ausgemalt hatte, gab es hier rote, schwarze, goldene und blaue Drachen. Sogar ein mauvefarbener war dabei.

Meine Aufmerksamkeit wandte sich dem Täufler zu, der die Vorführung präsentierte. Er war der größte Täufler, den ich jemals gesehen hatte, gute 2,40 m groß mit Armen wie Baumstämme. Es fiel einem schwer zu entscheiden, wer nun furchterregender aussah, die Drachen oder ihr Dompteur.

Nachdem ich sie eine Weile beobachtet hatte, fand ich, daß es nun Zeit für mich war zu gehen.

»Gliep!«

Ich wurde am Ärmel gezupft.

Ich sah mich um. Da stand doch genau hinter mir

ein kleiner Drache! Nun, er war etwa 1,20 m hoch und drei Meter lang, doch wenn man die anderen Drachen gesehen hatte, wirkte er klein dagegen. Er war grün, hatte riesige blaue Augen und zeigte erste Ansätze zu einem weißen, herunterhängenden Bärtchen.

Den Bruchteil einer Sekunde lang erfüllte mich Panik, doch die machte bald der Neugier Platz. Er sah nicht gefährlich aus. Er wirkte ganz zufrieden, wie er so dastand und herumkaute und ...

Mein Ärmel! Das Biest verzehrte ein Stück meines Ärmels Ich sah an mir hinab und fand die Bestätigung, daß tatsächlich ein Teil meines Hemdes fehlte.

»Gliep«, sagte der Drache wieder und reckte den Hals, um einen zweiten Bissen zu nehmen.

»Hau bloß ab!« heischte ich ihn an und versetzte ihm eine Kopfnuß, ehe ich begriff, was ich tat.

»Gliep?« machte er verdutzt.

Ich wollte mich schnell wegtrollen. Ich war mir unsicher, was geschähe, wenn er einen Feuerstoß ausspie und wollte dies lieber vermeiden.

»Gliep«, sagte er und schlurfte hinter mir her.

»Gazabkp!« dröhnte eine Stimme hinter mir.

Ich wirbelte herum und fand mich vor einem behaarten Bauch wieder. Ich folgte der Gestalt mit dem Blick nach oben und sah den Drachendompteur auf mich herabblicken.

»Tut mir leid«, entschuldigte ich mich hastig, »ich spreche Ihre Sprache nicht.«

»Aha. Ein Klahde!« dröhnte der Täufler. »Na, es bleibt dabei. Bezahlen!«

»Was bezahlen?«

»Den Drachen? Glaubst du, wir verschenken Probemuster?«

»Gliep!« machte der Drache und drückte seinen Kopf an mein Bein.

»Hier muß irgendein Mißverständnis vorliegen«, beeilte ich mich zu versichern.

»Das glaube ich auch«, schimpfte der Täufler. »Und es liegt bei mir. Wir machen mit Ladendieben auf Tauf nicht lange Federlesens!«

»Gliep«, meinte der Drache.

Die Dinge gerieten mir nun etwas aus dem Griff. Wenn ich jemals Aahz Hilfe oder Ratschläge benötigte, so jetzt. Ich warf einen verzweifelten Blick zu dem Zelt, in dem er saß und hoffte unvernünftigerweise, er würde gerade herauskommen.

Er kam nicht. Vielmehr war das ganze Zelt verschwunden! Es war weg, hatte sich in Luft aufgelöst und Aahz mit ihm!

›Um welche Ware oder Dienstleistung
es sich auch handeln mag, es gibt immer eine Stelle,
wo man es noch billiger bekommen kann‹
DAGOBERT DUCK

18

»Wo ist das Zelt hingekommen?« fragte ich fassungslos.

»Welches Zelt?« blinzelte der Dompteur und spähte hinter mich.

»Das Zelt!« rief ich und wies auf die nun leere Stelle.

»Aber da steht doch gar kein Zelt!« erklärte er schließlich entschieden.

»Ich weiß. Das ist es ja eben!«

»He! Kein Versuch, vom Thema abzulenken!« schalt der Dompteur und drückte mir einen unglaublich riesigen Finger gegen die Brust. »Wirst du nun für den Drachen zahlen oder nicht?«

Ich sah mich hilfesuchend um, es beobachtete uns jedoch niemand. Offensichtlich waren Streitigkeiten dieser Art auf Tauf alltäglich.

»Ich habe Euch doch schon gesagt, daß hier ein Mißverständnis vorliegt! Ich will Euren Drachen gar nicht.«

»Gliep«, erklärte der Drache und schmiegte den Kopf an mich.

»Erzähl mir so was nicht!« brauste der Dompteur auf. »Wenn du ihn nicht haben wolltest, warum hast du ihn dann gefüttert?«

»Ich habe ihn nicht gefüttert. Er hat ein Stück von meinem Ärmel gefressen!«

»Gliep!« sagte der Drache und versuchte ergebnislos, noch ein Häppchen von meinem Hemd zu nehmen.

»Also gibst du zu, daß er Futter von dir bekommen hat?«

»Nun ... wenn man es so formuliert ... ja! Und dann?« Allmählich war ich es leid, angeschrien zu werden.

»Dann zahl gefälligst. Der ist zu nichts mehr nutze!«

Ich besah mir den Drachen. Er schien mir keinen Schaden von dem Hemdsärmel genommen zu haben.

»Was stimmt nicht mit ihm? Er sieht für meine Begriffe ganz in Ordnung aus.«

»Gliep!« Er schmiegte sich wieder an mich.

»Oh! Es geht ihm glänzend!« spöttelte der Dompteur. »Nur daß er jetzt fixiert ist. Ein fixierter Drache hat nur noch für die Person oder Sache, auf die er fixiert ist, einen Sinn.«

»Und auf wen ist er fixiert?«

»Nun nimm mich nicht auf den Arm! Auf dich natürlich! So wie du ihn gefüttert hast.«

»Na, dann füttert ihn wieder und lenkt ihn von mir ab. Ich habe andere dringende Geschäfte zu erledigen!«

»Einfach so, wie?« sagte der Täufler skeptisch und türmte sich zu neuer Höhe auf. »Du weißt genau, daß das so nicht geht. Wenn ein Drache erst mal fixiert ist, dann für immer. Deshalb sind sie auch so wertvoll.«

»Für immer?« fragte ich.

»Nun ... bis einer von euch beiden stirbt. Aber jeder Narr weiß doch, daß man einen Drachen nur füttert, wenn man ihn auf sich fixieren will. Die idiotischen Biester sind zu leicht zu beeindrucken, besonders so junge wie der hier.«

Ich besah mir wieder den Drachen. Er war sehr jung. Seine Flügel begannen gerade erst zu sprießen, was ich als Zeichen der Unreife interpretierte, und seine Zähne waren nadelscharf, statt abgewetzt wie bei seinen Brüdern im Pferch. Doch seine starken Muskeln zeichneten sich schon unter den Schuppen ab ... Jawohl, beschloß ich, ich würde meinen Drachen in einem Kampf gegen ...

»Gliep!« machte er erneut und leckte sich gleichzeitig mit den beiden Enden seiner gegabelten Zunge den Schnauzbart.

Das brachte mich wieder zu Sinnen. Einen Drachen? Was wollte ich mit einem Drachen anfangen?

»Nun«, erklärte ich stolz. »Ich bin nicht irgendein

Narr. Hätte ich die Folgen geahnt, als er meinen Ärmel fraß, so ...«

»Hör zu, Bübchen!« spottete der Täufler und stocherte mir wieder auf der Brust herum. »Wenn du glaubst, daß du hier ...«

Irgend etwas in mir flippte aus. Ich schlug seine Hand weg mit einem Zorn, der mich selbst überraschte.

»Ich heiße nicht ›Bübchen‹«, fauchte ich so laut, daß ich meine eigene Stimme fast nicht wiedererkannte. »Mein Name ist Skiv! Und jetzt dämpft Euer Organ, wenn Ihr mit mir redet und behaltet Euren schmutzigen Finger bei Euch!«

Ich bebte und hätte nicht sagen können, ob aus Wut oder aus Angst. Ich hatte meinen ganzen Gefühlen in diesem Ausbruch freien Lauf gelassen und fragte mich nun, ob ich die Nachwirkungen überleben würde. Erstaunlicherweise trat der Dompteur bei meiner Schimpftirade ein paar Schritte zurück und studierte mich nun mit neuem Erstaunen. Ich spürte einen Druck an meinen Beinen und riskierte ein Auge. Der Drache hatte sich hinter mir verkrochen und bog den Hals um meine Taille, um den Dompteur im Auge zu behalten.

»Es tut mir leid.« Der Dompteuer war plötzlich ganz unterwürfig. »Ich habe Euch nicht gleich erkannt. Wie sagtet Ihr noch, war Euer Name ...?«

»Skiv«, gab ich arrogant zurück. Das klang beeindruckender als Skeeve.

»Skiv.« Er runzelte nachdenklich die Stirn. »Seltsam. Ich kann mich an diesen Namen gar nicht erinnern.«

Ich wußte nicht, für wen oder was er mich hielt, aber eines hatte ich bei meiner Reise mit Aahz gelernt, nämlich den Vorteil einer Situation zu erkennen und auszunutzen.

»Das Geheimnis, das meine Identität umgibt, hat ihren Leitfaden in sich selbst, wenn Ihr versteht, was ich meine«, murmelte ich und schenkte ihm mein bestes, vertrauliches Zwinkern.

»Natürlich«, antwortete er. »Ich hätte gleich merken müssen ...«

»Macht nichts«, erklärte er großzügig. »Nun, was diesen Drachen angeht ...«

Es kam mir seltsam vor, etwas so Gewaltiges vor mir kuschen zu sehen. »Ja, vergebt mir, daß ich die Gewalt verloren habe.«

»Nun, ich bin sicher, wir können uns irgendwie einig werden«, lächelte ich. Bei diesen Worten schoß mir eine Idee durch den Kopf. Aahz hatte alles Geld bei sich. Ich hatte keinen einzigen Wertgegenstand, außer ... Ich griff in meine Tasche. Er war noch da! Das Amulett, mit dem Ganzfix Tarnungen durchschauen konnte.

»Hier!« sagte ich und warf ihm das Amulett zu. »Ich nehme an, daß mein Konto damit ausgeglichen ist.«

»Ihr seid ein zäher Feilscher, Skiv!« Der Täufler war immer noch höflich, sein Lächeln wirkte jedoch ein wenig verletzt. »Gut, es ist ein Geschäft. Hand drauf!«

Er streckte seine Hand aus.

Es ertönte ein plötzliches fauchendes Geräusch, und mir wurde die Sicht versperrt. Der Drache hatte seinen Hals vor meinen Kopf geschoben und stellte sich Aug in Auge dem Täufler gegenüber. Seine Haltung war plötzlich eine Miniaturversion der Wildheit, die ich zuvor bei seinen erwachsenen Artgenossen gesehen hatte. Ich begriff plötzlich, daß er mich beschützen wollte.

»Es ist schon gut«, sagte ich und tätschelte seinen Hals.

»Sagt«, fragte ich den Täufler, nachdem wir schließlich die Hände geschüttelt hatten, »unter uns gesagt bin ich ziemlich neu im Drachengeschäft. Was frißt er denn ... abgesehen von Hemden, meine ich.«

»Ach, ein wenig hiervon und ein wenig davon. Sie sind Allesfresser, aber sie sind heikel. Laßt ihn am besten allein, er stellt sich dann sein Menü schon zusammen ... alte Kleider, verschiedene Blätter, Haustiere.«

»Entsetzlich!« murmelte ich.

»Nun, wenn Ihr mich jetzt entschuldigt, ich habe noch mit anderen Kunden zu verhandeln.«

»Nur noch eine Frage. Wie lange braucht er denn, bis er ausgewachsen ist?«

»Och, nicht länger als vier bis fünf Jahrhunderte.«

»Gliep!«

Ob das nun der Drache oder ich gesagt hatte, weiß ich nicht mehr.

›Wenn man allen Hindernissen
und Ablenkungen widersteht,
gelangt man unfehlbar an sein Reiseziel‹
C. COLUMBUS

19

»Komm mit, Gliep«, sagte ich.

»Gliep«, antwortete mein Drache und folgte mir.

Da ich nun nicht ganz so stolzer Besitzer eines

dauerhaft halbwüchsigen Drachen war, war ich mehr denn je darauf erpicht, Aahz wiederzufinden. Im Augenblick befand ich mich alleine und ohne einen Pfennig Geld in einer fremden Dimension und hatte auch noch einen Drachen im Schlepptau. Schlimmer konnte das Ganze nur noch werden, wenn es sich zum Dauerzustand entwickelte, was eintreten konnte, falls Aahz beschloß, ohne mich nach Klah zurückzukehren.

»Hm ... entschuldigt, Sir.«

Ich nahm mir vor, für die Dauer meines Aufenthaltes auf Tauf so höflich wie möglich zu sein. Das letzte, was ich brauchen konnte, war Streit mit einem Täufler. Ich hätte mich jedoch gar nicht bei dem Budenbesitzer entschuldigen müssen, den ich nach dem Verbleib des Perf-Restaurants fragen wollte.

»Ihr braucht Euch doch nicht zu entschuldigen, junger Herr.« Der Händler lächelte beflissen und entblößte dabei seine beeindruckende Anzahl von Zähnen.

»Seid Ihr interessiert, einen Stock zu erwerben?«

»Einen Stock!«

»Natürlich!« Der Täufler wies mit einladender Geste in seine Bude. »Die schönsten Stöcke aus allen Dimensionen.«

»Ich brauche eigentlich keinen Stock.«

»Lächerlich! Jeder braucht einen Stock, junger Herr.«

»Warum ich eigentlich hier gehalten habe ist, daß ich wissen wollte, was aus dem Zelt geworden ist.«

»Aus welchem Zelt, junger Herr?«

Ich hatte das vage Gefühl, diese Szene schon einmal erlebt zu haben.

»Das Zelt, das direkt neben Eurer Bude stand.«

»Das Perf-Restaurant!?!« Entsetzen schwang in der Stimme des Täuflers mit.

»Gliep«, erklärte der Drache.

»Warum solltet Ihr ein solches Lokal aufsuchen, junger Herr? Ihr scheint wohlerzogen und von sehr guter Herkunft.«

»Ein Freund von mir befand sich in dem Zelt, als es verschwunden ist.«

»Ihr habt einen Perverser zum Freund?« Seine Stimme verlor alle Freundlichkeit.

»Ja, eigentlich schon ... äh ... das ist eine lange Geschichte.«

»Soviel kann ich dir sagen, Bursche. Es ist nicht verschwunden, es ist weitergezogen«, höhnte der Täufler ohne den Schatten jener Höflichkeit, die er zuvor an den Tag gelegt hatte.

»Weitergezogen?«

»Ja. Das ist eine neue Vorschrift, die wir erlassen haben. Alle Lokale, die Perf-Gerichte anbieten, müssen den Standort wechseln, sie können nicht ständig oder auch nur längere Zeit an einer Stelle des Basars bleiben.«

»Warum?« wollte ich wissen.

»Hast du diesen Fraß jemals gerochen? Da könnte es einem Aasgeier noch schlecht werden. Wolltest du eine Bude im Dunstkreis davon einen Tag besetzen? Bei dieser Hitze?«

»Ich verstehe, was Ihr meint«, gestand ich ihm zu.

»Entweder mußten sie weg oder der Basar, da haben wir sie überstimmt.«

»Was heißt das genau: weg?«

»Entweder schieben sie sich langsam umher, oder sie brechen zu einem neuen vorübergehenden Standort auf, aber sie können nirgends fest bleiben.«

»Und wie kann man sie finden, wenn sie ständig unterwegs sind?«

»Das ist nicht schwer, da mußt du bloß deiner Nase folgen.«

Ich machte mich also auf, dem Geruch zu folgen, mein Drachen immer auf meinen Fersen. Der Gestank wurde schlimmer, als ich durch Budenreihen ging, wo man sich auf exotischen und magischen Schmuck spezialisiert hatte, und ich konnte mich kaum beherrschen, die Auslagen näher zu betrachten.

Erwartungsvoll bog ich schließlich um eine letzte Ecke und blieb sogleich unvermittelt stehen. Ich hatte die Quelle des Gestanks gefunden.

Ein Misthaufen! Ich war dem Duft eines Misthaufens gefolgt!

»Gliep«, sagte der Drache und sah mich fragend an.

Er wollte wohl wissen, was wir als nächstes unternehmen würden. Das war eine gute Frage.

Ich stand da und überlegte meine nächsten Schritte. Vermutlich wäre es am besten, den gleichen Weg zurück zu dem Stockhändler zu gehen und von neuem zu beginnen.

»Na, Kleiner, hast du ein bißchen Zeit für mich?«

Ich wirbelte herum. Da stand ein Mädchen, wie ich es noch niemals gesehen hatte. Von ihrer Erscheinung her sah sie aus wie eine Klahde und hätte als Mensch meiner Dimension durchgehen können, doch ihre Haut schimmerte in einem herrlichen Goldoliv-Ton, und ihre Mähne glänzte grün im Sonnenlicht. Sie war etwas größer als ich und hatte eine üppige Figur, die sich unter dem eng sitzenden Kleid abzeichnete.

»... oder hast du tatsächlich eine Schwäche für Misthaufen?« schloß sie.

»Meint Ihr mich?«

»Natürlich«, schnurrte sie, trat dicht vor mich und schlang ihre Arme um meinen Hals. »Oder glaubst du, ich rede deinem Drachen zu? Ich meine, er ist ja ganz nett, aber mein Geschmack geht nicht in diese Richtung.«

»Gliep«, meldete sich der Drache.

Ich spürte, wie meine Körpertemperatur in die Höhe schoß. Die Berührung ihrer Arme rief ein prikkelndes Gefühl hervor, das sich verheerend auf meinen Stoffwechsel auswirkte.

»Eigentlich ... habe ich einen Freund gesucht«, platzte ich heraus.

»Na, und du hast einen gefunden«, murmelte sie und preßte ihren Körper an mich.

»Äh ... ich, hm.« Ich hatte plötzlich Konzentrationsschwierigkeiten. »Was wollt Ihr denn?«

»Hm«, machte sie nachdenklich. »Obwohl dies nicht meine reguläre Geschäftszeit ist, will ich dir umsonst deine Zukunft weissagen.«

»Ach?« Ich war überrascht.

Dies war das erste Mal, seit ich auf dem Basar angekommen war, daß mir jemand etwas umsonst angeboten hatte. Ich war mir nicht im klaren, ob ich mich freuen oder mißtrauisch sein sollte.

»Du wirst einen Kampf austragen«, flüsterte sie mir ins Ohr. »Einen gewaltigen Kampf.«

»Was?« rief ich. »Wann? Mit wem?«

»Nur ruhig, Kleiner!« Ihr Griff um meinen Hals wurde fester. »In ein paar Minuten. Mit dem Lumpengesindel hinter mir ... schau nicht direkt hin!«

Aus dem Augenwinkel suchte ich vorsichtig die Gegend ab. Etwa ein Dutzend der häßlichsten, miesesten Typen, die ich jemals gesehen hatte, flegelte sich an die Hinterwand des Verkaufsstandes.

»Mit denen? Ich meine, mit denen allen?«

»Hm-m!« bestätigte sie und schmiegte sich an meine Brust.

»Warum?« fragte ich.

»Wahrscheinlich dürfte ich dir das gar nicht sagen«, lächelte sie. »Aber es ist wegen mir.«

»Aber ich kann nicht gegen sie kämpfen. Ich habe keine einzige Waffe.«

»Du trägst doch am Rücken unter deinem Hemd ein kleines Messer«, erinnerte sie mich.

Mein Messer zum Häuten hatte ich ganz vergessen.

»Aber ich habe noch niemals eine Schlägerei gehabt.«

»Na, dann wird es Zeit, daß du es lernst. Du wirst zusammengeschlagen werden, weil du meine Ehre befleckt hast. Dann solltest du wenigstens auch wissen, warum.«

Ehe ich noch irgendwie protestieren konnte, küßte sie mich. Ihr Kuß war lang und warm und süß.

Niemals zuvor war ich von jemandem außer meiner Mutter geküßt worden. Und das war jetzt ganz anders! Der Kampf, der Drache, Aahz, ich vergaß all das. Ich verlor mich im Wunder des Augenblicks.

»He!«

Eine grobe Hand fiel auf meine Schulter und riß uns auseinander.

»Belästigt der Bursche Euch, Lady?«

Der Kerl am anderen Ende des Armes war nicht größer als ich, jedoch doppelt so breit, und aus seinem Mund ragten kurze, gebogene Stoßzähne. Seine Kumpane hatten sich hinter ihm verteilt und schubsten mich in Richtung des Misthaufens.

Ich sah das Mädchen an. Sie zuckte mit den Schultern und trat den Rückweg an.

Es sah so aus, als müßte ich gegen sie alle kämpfen. Ich und der Drache. Entsetzlich.

Ich erinnerte mich an mein Messer. Es war nicht viel, aber etwas anderes hatte ich nicht. So unauffällig wie möglich griff ich hinter meinen Rücken und zupfte an meinem Hemd, um es herauszuziehen und an das Messer zu gelangen. Prompt fiel es in meine Hosen.

Die Räuberbande war im Anmarsch.

›Mit der sorgsamen Auswahl von Verbündeten läßt sich der Sieg in jeder Auseinandersetzung garantieren‹

DER SHERIFF VON NOTTINGHAM

20

»Faß, Gliep!« brüllte ich.

Der Drache mischte sich mit einem Satz ins Geschehen, der mich, glaube ich, mehr überraschte als meine Angreifer.

Er sprang zwischen mich und das vorrückende

Gesindel, kauerte sich zu Boden und fauchte furchterregend. Mit einem Schwanzhieb rieß er zwei von der Flanke angreifende Mitglieder der Bande säuberlich die Beine unter dem Körper weg. Irgendwie wirkte er viel größer, wenn er wütend war.

»Paß auf! Er hat einen Drachen dabei!« rief der Anführer.

»Vielen Dank für die Warnung«, knurrte einer der beiden, die gestürzt waren, während er sich wieder aufrappelte.

»Ich habe ihn!« ertönte eine Stimme zu meiner Linken.

Ich drehte mich gerade noch rechtzeitig, um zu sehen, wie ein dreißig Zentimeter langer Dolch durch die Luft auf den Hals meines Drachen zusauste. Mein Drache!

Plötzlich war ich wieder bei meinen praktischen Übungen. Mein Geist streckte sich und packte nach dem Messer. Mitten in der Luft überschlug es sich und schwebte dann auf der Stelle.

»Guter Zug, Süßer!« rief das Mädchen.

»He! Das Bürschchen ist ja ein Zauberer!«

Die Bande taumelte ein paar Schritte zurück.

»Sehr richtig!« grölte ich. »Skeeve heißt er, in der Magik ein Meister!«

Mit diesen Worten holte ich das Messer herunter und ließ es zwischen ihren Reihen toben.

Ich raste nun. Einer dieser Lumpen hatte versucht, meinen Drachen umzubringen.

»Ein Dutzend von eurem Schlag ist zuwenig!« brüllte ich. »Geht und holt ein paar Freunde zur Unterstützung … wenn ihr welche habt!«

Ich sah mich verzweifelt nach einem anderen

Gegenstand um, den ich hätte werfen können. Mein Blick fiel auf den Misthaufen. Trotz meines Zorns mußte ich vor mich hingrinsen. Warum eigentlich nicht!?

Innerhalb eines Augenblicks ließ ich große Mistfladen durch die Luft auf meine Angreifer zusausen. Meine Treffsicherheit war nicht die beste, aber gut genug, wie die entsetzten Aufschreie bestätigten.

»Levitation!« heulte der Anführer. »Quanto! Bring ihn zum Halten!«

»In Ordnung, Boß.«

Einer der Schläger winkte zustimmend und begann, in seinem Beutel zu kramen.

Er hatte den Fehler begangen, sich zu erkennen zu geben. Ich weiß nicht, was er zutage fördern wollte, aber ich wollte erst gar nicht abwarten, es zu erfahren.

»Bring ihn zum Halten, Gliep!«

Der Drache hob seinen Kopf und heftete seinen Blick auf dem herumwühlenden Gauner. Mit einem Geräusch, das wohl, wenn er älter wurde, sich zu einem Brüllen entwickeln würde, stieß er eine Flamme aus und stürmte los.

Es war dies kein gewaltiger Feuerstoß, und er verfehlte auch sein Ziel, doch war er stark genug, den Kerl abzulenken. Er blickte hoch und sah, wie das Ungetüm von Drachen sich auf ihn stürzte und geriet in Panik. Ohne auch nur seinen Kameraden noch ein Wort zuzurufen, wirbelte er herum und lief schreiend davon, der Drache dicht auf seinen Fersen.

»Na, schön, Bürschchen, dann wollen wir mal sehen, wie du das abwehrst!«

Ich wandte meine Aufmerksamkeit wieder dem Anführer zu. Der stand nun ganz ruhig und hielt voller Selbstvertrauen einen Stock in die Höhe. Ich erstarrte. Ich wußte nicht, was ich von diesem Exemplar zu erwarten hatte, doch offensichtlich hatte der Anführer großes Vertrauen in die Kräfte dieses Stocks, das meine eigene Sicherheit überstieg.

Plötzlich schoß etwas durch mein Blickfeld, und der Stock war weg.

Ich blinzelte und sah noch einmal hin. Der Stock lag von einem Wurfmesser zersplittert am Boden, einem Wurfmesser mit schwarzem Griff.

»Irgendwelche Probleme hier, Meister Skeeve?« dröhnte eine Stimme.

Ich wirbelte herum in die Richtung, aus der die Stimme ertönte. Dort stand Aahz, die gespannte Armbrust auf die Bande gerichtet. Er grinste breit, was, wie bereits erwähnt, nicht sehr beruhigend auf jemanden wirkt, der ihn nicht kannte.

»Ein Perverser!« keuchte de Anführer.

»Was?« Aahz schwenkte die Armbrust in seine Richtung.

»Perfekter wollte ich sagen«, verbesserte sich der Anführer rasch.

»So ist's besser. Was ist, Skeeve? Willst du, daß ich sie umbringe oder laufenlasse?«

Ich besah mir das Gesindel. Ohne ihr Standbild auch nur einen Zentimeter zu verschieben, sahen sie mich mit flehenden Augen an.

»Hm ... laufenlassen, meine ich«, sagte ich nachdenklich. »Lebendig stinken sie schon genug. Als Tote könnten sie den Bazar in Verruf bringen.«

»Ihr habt gehört, was er sagt«, knurrte Aahz. »Also haut ab!« Sie verschwanden so schnell, als hätten sie sich in Luft aufgelöst.

»Aahz!« Das Mädchen flog auf ihn zu und schlang die Arme um ihn.

»Tanda!« rief Aahz und senkte seine Armbrust. »Hängst du mit diesem Pack zusammen?«

»Machst du Scherze? Ich bin der Lockvogel«, zwinkerte sie unzüchtig.

»Ein bißchen weit heruntergekommen, findest du nicht?«

»Na, man muß sein Brot verdienen.«

»Warum bist du von den Mördern weg?«

»Ich war die ewigen Gewerkschaftsbeiträge leid.«

»Hm … ähem«, mischte ich mich dazwischen.

»Wie?« Aahz sah sich um. »Oh! Entschuldige, Kerlchen. Kennt ihr zwei euch schon?«

»Gewissermaßen«, gab das Mädchen zu. »Wir … sag mal, ist das der Freund, den du gesucht hast, Süßer?«

»Süßer?« Aahz rümpfte die Nase.

»Ach, sei ruhig!« befahl das Mädchen und tätschelte ihm scherzhaft den Bauch. »Ich mag ihn. Er hat Stil.«

»Ich heiße Skeeve.«

»Ich bin Tananda, aber ruf mich Tanda.«

»Mit Vergnügen«, flötete ich.

»Wenn ihr zwei allmählich mal fertig seid …«, unterbrach uns Aahz. »Ich hätte da ein paar Fragen …«

»Gliep!« meldete sich mein Drache, als er zu der Runde getappt kam.

»Was ist das?« wollte Aahz wissen.

»Ein Drache«, half ich ihm aus.

»Das sehe ich auch«, schnauzte er mich an. »Ich will wissen, was der hier zu schaffen hat.«

Plötzlich zögerte ich, mit der ganzen Geschichte herauszurücken.

»Es gibt einen Haufen Drachen auf dem Basar, Aahz«, murmelte ich, ohne ihn anzusehen. »Genau da vorne ist ein Pferch, wo ...«

»Was hat *dieser* Drache *hier* zu schaffen?«

»Gliep«, sagte der Drache und rieb seinen Kopf an meiner Brust.

»Ähm ... er gehört mir«, gab ich schließlich zu.

»Dir?« bläffzte Aahz. »Ich habe dir gesagt, du sollst sie anschauen, nicht kaufen!«

»Aber Aahz ...«

»Was sollen wir denn mit einem Drachen anfangen?«

»Ich habe ihn günstig bekommen«, ließ ich hoffnungsvoll vernehmen.

»Von einem Täufler?«

»Oh. Ich verstehe, was du meinst.«

»Komm. Rück raus mit der Sprache! Wie waren die Bedingungen für diesen phantastischen Handel?«

»Nun ... äh ... ich ...«

»Heraus damit!«

»Ich habe Ganzfixens Anhänger dafür eingetauscht.«

»Ganzfixens Anhänger? Der, mit dem man Tarnungen durchschauen kann? Du hast einen guten magischen Anhänger für einen halbwüchsigen Drachen weggegeben?«

»Oh, jetzt gib ihm doch eine Chance, Aahz«, mischte sich Tanda ein. »Was erwartest du denn, wenn du ihn hier mutterseelenallein herumlaufen läßt? Du kannst froh sein, daß man ihm nicht den ganzen Touristenkitsch von Tauf aufgedreht hat. Wo hast du denn überhaupt die ganze Zeit über gesteckt?«

»Nun … ich war … hm …«

»Erzähl mir nichts!« Tanda hielt die Hand empor. »So wie ich dich kenne, warst du entweder hinter einem Mädchen her oder hast dir die Wampe vollgeschlagen, stimmt's?«

»Jetzt hat sie dich erwischt, Aahz«, ergänzte ich.

»Halt den Mund, Kerlchen.«

»Also fall hier nicht über Skeeve her. Wie hast du uns eigentlich gefunden?«

»Ich habe gehorcht, wo eine Schlägerei im Gange ist und bin dem Lärm nachgegangen«, gab Aahz zu.

»Sieh mal einer an! Du hast also damit gerechnet, daß er in Schwierigkeiten kommt. Dann darf ich wohl darauf hinweisen, daß er seine Sache gut gemacht hat, bis du dahergelatscht kamst. Er kann ja prima mit der Magik umgehen, weißt du?«

»Ich weiß«, antwortete Aahz stolz. »Ich hab's ihn ja gelehrt.«

»Gliep«, sagte mein Drache und bog seinen Hals, um Aahz von oben bis unten zu betrachten.

»Ein Drache, was?« sagte Aahz und studierte den Drachen nachdenklicher.

»Er könnte uns gegen Isstvan helfen?« schlug ich voller Hoffnung vor.

»Isstvan?« fragte Tanda spöttisch.

»Tja«, erklärte Aahz. »Du erinnerst dich doch wohl an ihn, wie? Nun, er ist wieder bei seinen alten Tricks, diesmal auf Klah.«

»Und was unternehmen wir da?«

»Wir?« fragte ich überrascht.

»Sicher«, lächelte sie. »Dieser Laden hier ist ein bißchen unter meinem Niveau, wie Aahz sagt. Dann kann ich auch eine Weile mit euch mitziehen … sofern ihr nichts dagegen habt, natürlich.«

»Klasse!«

»Nicht so schnell, Tanda«, tadelte Aahz. »Es gibt noch ein paar Einzelheiten, die wir noch nicht geklärt haben.«

»Zum Beispiel?«

»Zum Beispiel, daß ich meine Kräfte eingebüßt habe.«

»Ohne Witz? Ei, das ist hart!«

»Das bedeutet, daß wir im Bereich der Magik ganz auf dieses Kerlchen hier angewiesen sind.«

»Ein Grund mehr, daß ich mitkomme. Ich hab inzwischen selbst ein paar Tricks gelernt.«

»Das weiß ich«, sagte Aahz anzüglich.

»Nicht so was«, erwiderte sie und versetzte ihm einen Rippenstoß. »Ich meine Zaubertricks.«

»Trotzdem wird's nicht einfach werden.«

»Jetzt komm, Aahz«, schalt Tanda. »Willst du mir etwa erzählen, es wäre nicht nützlich, eine ausgebildete Mörderin dabei zu haben?«

»Nun ... es wäre vielleicht mal von Vorteil«, gestand Aahz zu.

»Gut. Dann ist das abgemacht. Was machen wir als erstes?«

»Direkt um die Ecke sind ein paar Buden, wo man Waffen kriegt«, schlug ich vor. »Wir könnten ...«

»Immer mit der Ruhe, Kerlchen. Darum habe ich mich schon gekümmert. Ich habe alles, was wir brauchen, in der Scherzartikelabteilung gefunden. Ich habe gerade nach dir gesucht, damit wir uns auf den Rückweg machen können.«

»Dann sind wir startklar?« wollte Tanda wissen.

»Jawohl«, nickte Aahz und fischte den D-Hüpfer aus seinem Hemd.

»Und was ist mit meinem Drachen?«

»Was soll mit ihm sein?«

»Können wir ihn mitnehmen?«

»Natürlich nehmen wir ihn mit. Wir lassen nichts zurück, was von Wert ist.«

»Gliep«, stimmte der Drache zu.

»Und der muß ja für jemanden etwas Wert besitzen«, schloß Aahz und betrachtete den Drachen.

Er drückte auf den Knopf des D-Hüpfers. Der Basar verschwamm ... und wir waren zurück in Frumpels Laden ... gewissermaßen.

»Hochinteressantes Reiseziel«, bemerkte Tanda trocken. »Habt ihr das Interieur gestaltet?«

Alles, was von Frumpels Geschäft übriggeblieben war, war eine ausgebrannte Ruine.

›Man muß die eigenen Kräfte offen und ehrlich einsetzen, wenn maximale Effektivität erzielt werden soll‹

DARTH VADER

21

»Was ist denn hier passiert?« fragte ich Aahz.

»Wenn du dich vielleicht erinnerst: ich war auf Tauf!«

»He, Jungs, ich unterbreche euch ja nicht gerne«, unterbrach uns Tanda. »Aber sollten wir nicht irgendwelche Tarnungen anlegen?«

Sie hatte recht. Der Aufenthalt auf Tauf hatte mich

die alltäglichen Erfordernisse unseres Daseins vergessen lassen.

Aahz steckte ich in seine übliche Garkin-Tarnung. Tanda sah prima aus, sobald ich ihre Haut- und Haarfarbe verändert hatte.

Nachdem ich eine Weile nachgedacht hatte, maskierte ich Gliep als das Schlachteneinhorn. Es war ja ein bißchen gewagt, solange er jedoch den Mund halten würde, würde auch alles gutgehen. Mich ließ ich wie ich bin. Tanda mochte mich schließlich so.

»Was meinst du, ist aus Frumpel geworden?« fragte ich Aahz.

»Entweder sind ihm die Einwohner von Twixt auf die Schliche gekommen, oder aber er ist auf dem Weg zu Isstvan, um ihn vor uns zu warnen; das wären meine beiden Annahmen.«

»Wer ist Frumpel«, wollte Tanda wissen.

»Wie? Ach so, das ist der ortsansässige Täufler«, erkläre Aahz. »Er hat uns zum Bazar geschickt. Welche von meinen beiden Vermutungen auch zutrifft, so wäre es doch das beste, wir machten uns aus dem Staub.«

»Aber vorher müssen wir Ganzfix ausbuddeln«, erinnerte ich.

»Wer ist Ganzfix?« fragt Tanda.

»Im Augenblick ist er eine Statue, aber in schlimmeren Zeiten war er ein Dämonenjäger«, erklärte Aahz.

»Na prima«, kommentierte sie sarkastisch. »Das hat uns gerade noch gefehlt.«

»Warte erst, bis du ihn gesehen hast«, Aahz verdrehte die Augen und seufzte. »Also packen wir's.«

Unsere Abreise aus Twixt verlief glücklicherweise unbehelligt. Unterwegs stimmten wir unsere Geschichte ab, bis wir schließlich Ganzfix wieder ausgruben und ihn mit dem Belebungspulver besprühten; wir waren nun in der Lage, ihm eine geschlossene Front entgegenzustellen.

»Jawohl«, versicherte ihm Aahz. »Sie plünderten dich gerade aus, als wir unseren Gegenangriff starteten. Es war dein Glück, daß wir beschlossen hatten, zurückzukehren und an deiner Seite zu kämpfen.«

»Und sie haben mir mein Zauberschwert und mein Amulett geraubt?«

Bei diesem Thema fühlte ich mich etwas unbehaglich, aber Aahz zuckte nicht einmal mit der Wimper.

»Ganz recht, diese Schurken«, stieß er hervor. »Wir wollten sie aufhalten, aber sie sind uns entkommen.«

»Na, wenigstens haben sie nicht gleich Hand an mein Schlachteneinhorn gelegt«, murmelte der Dämonenjäger.

»Hm ...«, machte ich, um meinen Teil bei dieser Komödie zu übernehmen. »Diesbezüglich haben wir auch schlechte Nachrichten für dich.«

»Schlechte Nachrichten?« Ganzfix runzelte die Stirn. »Ich verstehe nicht ganz. Ich kann das Tier doch mit eigenen Augen sehen, und es scheint doch in gutem Zustand zu sein.«

»Oh, körperlich ist es wohlauf«, versicherte ihm Aahz. »Aber die Dämonen haben einen Fluch über es verhängt, ehe sie verschwanden.«

»Einen Fluch?«

»Ja«, antwortete ich schnell. »Jetzt glaubt es ... nun ... es wäre ein Drache.«

»Ein Drache?« rief Ganzfix entsetzt.

»Und das ist nicht alles«, fuhr Aahz fort. »Das Tier war zuerst so wild, daß es nur den beständigen Bemühungen meines Knappen zu verdanken ist, daß wir es überhaupt bezähmen konnten. Ehrlich gesagt, wollte ich das arme Tier schon von seinem Elend erlösen, aber er hat darauf bestanden, daß er es zähmen könnte, und die Ergebnisse seiner geduldigen Zuwendung kannst du ja selbst sehen.«

»Großartig«, rief Ganzfix.

»Nein. Schrecklich ist es. Denn siehst du«, erklärte Aahz, »darüber hat das Tier eine so starke Anhänglichkeit an meinen Knappen entwickelt ... die, wie ich fürchte, stärker als seine Anhänglichkeit an dich ist.«

»Ha! Lächerlich!« sprach Ganzfix. »Aber ich empfinde das Bedürfnis, dir einen zusätzlichen Dank zukommen zu lassen. Wenn ich irgend etwas für euch tun kann ...«

Er wollte mit gestreckter Hand auf mich zukommen. Wie ein Blitz stürzte Gliep vor mich, senkte den Kopf und fauchte.

Ganzfix blieb wie zur Salzsäure erstarrt stehen, die Augen traten ihm vor Überraschung aus dem Kopf.

»Aus!« befahl ich Gliep und knuffte ihn.

»Gliep«, antwortete er und verzog sich auf seinen Platz hinter meinem Rücken.

»Siehst du nun, was ich meine?« sagte Aahz.

»Hmm ...« Ganzfix dachte nach. »Das ist merkwürdig. So hat es mich nie verteidigt.«

»Ich fürchte, wir werden es dir abkaufen müssen«, sagte ich beflissen.

»Es kaufen?« Ganzfix wandte mir wieder seine Aufmerksamkeit zu.

Aahz wollte meine Blicke auf sich ziehen und schüttelte heftig den Kopf, ich betrachtete ihn jedoch gar nicht.

»Stimmt«, fuhr ich fort. »Es ist für dich nun nicht mehr viel wert, und da wir in gewisser Weise daran schuld sind, was aus ihm geworden ist ...«

»Aber wo denkst du hin, Bursche«, erklärte Ganzfix stolz. »Ich gebe es dir zum Geschenk. Schließlich wäre es tot, wenn du nicht gewesen wärst und ich vermutlich auch.«

»Aber ich ...«

»Nein. Ich will nichts mehr davon hören.« Einhaltgebietend hob der Dämonenjäger die Hand. »Die Angelegenheit ist erledigt. Behandle es anständig, es ist ein gutes Tier.«

»Unwahrscheinlich«, murmelte Aahz.

»Gliep«, sagte der Drache.

Mit war elend zumute. Ich war zu der Überzeugung gelangt, daß wir Ganzfixens Gutgläubigkeit schamlos ausnutzten.

»Um ehrlich zu sein, Ganzfix«, lächelte Aahz, »wenn du jemandem dankbar sein mußt, so ist das Tananda hier. Wäre sie nicht gewesen, so befänden wir uns wirklich in einer schlimmen Zwangslage.«

»Angenehm, Mylady«, lächelte Ganzfix und hob ihre Hand an seine Lippen, um sie zu küssen.

»Sie ist eine Hexe«, erklärte Aahz ganz beiläufig.

»Eine Hexe?« Ganzfix ließ die Hand los, als habe er sich verbrannt.

»Ganz recht, Herzchen.« Tanda setzte ihr bestes Augenklimpern ein.

»Vielleicht sollte ich das näher erklären«, unterbrach Aahz glücklicherweise. »Tananda hier verfügt über gewisse Kräfte, die sie beschlossen hat, zu unserer Unterstützung im Kampf gegen die Dämonen einzusetzen. Hast du noch nicht bemerkt, daß ich mein normales Äußeres wiedererlangt habe?«

Noch eine eklatante Lüge. Aahz stecke in der Tarnung von Garkin.

»Na ja«, gab der Dämonenjäger zögernd zu.

»Tanandas Werk«, erläuterte Aahz vertraulich. »Ebenso haben ihre Kräfte dich wiedererweckt, nachdem du in Stein verwandelt worden warst.«

»Hmm«, machte Ganzfix und betrachtete Tananda erneut.

»Du mußt dir ehrlich darüber klarwerden, Ganzfix, daß im Kampf gegen Dämonen dämonische Waffen von Nutzen sein können«, mahnte Aahz vorsichtig. »Tananda vermag eine mächtige und ehrliche Verbündete zu sein. Ich finde deine Haltung ihr gegenüber bedauerlich und undankbar.«

»Vergebt mir, Mylady«, seufzte Ganzfix und trat wieder einen Schritt an sie heran. »Ich wollte euch nicht belästigen. Ich ... ich habe nur so schlechte Erfahrungen mit Wesen aus dem Umfeld von Dämonen gemacht.«

»Mach dir nichts draus, Herzchen«, erklärte die Dämonin Tananda und ergriff seine Hand. »Und sag Tanda zu mir.«

Während die beiden miteinander beschäftigt waren, ergriff ich die Gelegenheit und Aahz' Arm.

»Hm? Was gibt's, Kerlchen?«

»Gib ihm sein Schwert zurück!« fauchte ich.

»Was? Kommt nicht in Frage. Nach meiner Rechnung muß er immer noch fünf Goldstücke haben. Ich werd's ihm verkaufen.«

»Aber er hat uns sein Einhorn geschenkt!«

»Deinen Drachen hat er uns gegeben ... deinen Drachen! Darin kann ich keine besondere Großmut erkennen!«

»Schau, Aahz. Entweder du gibst ihm das Schwert, oder du kannst sehen, wie weit du mit deiner eigenen Magik kommst! Klar?«

»So was von undankbar! Hör mal zu, Kerlchen, wenn du ...«

»Aahz!« Tandas Stimme unterbrach unseren Streit. »Komm, hilf mir, Ganzfix zu überzeugen, sich unserer Mission anzuschließen.«

»Das würde ich ja nur allzu gerne, Mylady«, seufzte Ganzfix, »aber ich würde eine geringe Hilfe bedeuten. Das Schicksal hat mich meines Reittiers, meiner Waffen und meines Geldes beraubt.«

»Genauer gesagt«, ergänzte Aahz, »hast du noch fünf ...«

Ich versetzte ihm einen Rippenstoß.

»Äh ... mein ... äh ... Knappe und ich haben uns gerade darüber unterhalten und sind zu einem Entschluß gelangt. Ein so ... nobler Krieger darf nicht so mittellos dastehen, deshalb ... äh ... wir ...«

»Wir haben beschlossen, dir dein Schwert zurückzugeben«, verkündete ich stolz.

»Wirklich?« Ganzfixens Gesicht erhellte sich.

»Ich wußte gar nicht, daß du es bei dir hast.« Tanda setzte ihr süßestes Lächeln auf.

»Ich muß schon sagen, das ist echte Kameradschaft.«

Ganzfix war offensichtlich außer sich vor Freude. »Wie kann ich das jemals wiedergutmachen?«

»Indem du nicht mehr darüber redest«, brummte Aahz.

»Dann will ich euch gern bei eurem Auftrag beistehen«, antwortete Ganzfix. »Ei, was könnte sich ein

Krieger Besseres wünschen, als eine Waffe und gute Kameraden?«

»Geld«, meinte Aahz ohne Umschweife.

»Also, Aahz!« Tanda boxte ihn ein wenig zu fest, um es spaßhaft zu meinen. »Du machst immer solche Scherze!«

»Skeeve, erzähl ihm, worum es sich bei unserer Mission dreht!«

»Du kannst das doch viel besser als ich«, wimmelte ich die Angelegenheit in einem Aufwall von Diplomatie an Aahz ab.

»Eigentlich ist es ganz einfach.« Aahz schmollte immer noch ein wenig. »Wir sind hinter Isstvan her.«

»Isstvan?« Ganzfix sah verwirrt drein. »Der harmlose, alte Herbergswirt?«

»Harmlos? Hast du harmlos gesagt?« Aahz griff den Köder auf. »Ganzfix, von einem Dämonenjäger zum anderen: du hast noch eine Menge zu lernen.«

»Ich tue mein Bestes.«

»Gewiß. Deshalb bist du auch versteinert worden, erinnerst du dich?«

»Ich bin in Stein verwandelt worden,weil ich mein Vertrauen in ein Zauberschwert setzte, das ...«

Allmählich wurde alles wieder normal.

»Aber meine Herren, meine Herren!« unterbrach ich sie. »Wir wollten doch von der bevorstehenden Mission reden.«

»Recht hast du, Kerlchen. Wie ich schon sagte, Ganzfix, der harmlose alte Herbergswirt arbeitet so eng mit Dämonen zusammen, daß ich mich nicht wundern würde, wenn ich erführe, daß er selbst ein Dämon ist.«

»Unmöglich!« spottete Ganzfix. »Der Mann hat mich doch selbst auf Dämonenjagd geschickt!«

»Tja!« Aahz lächelte. »Das ist ja gerade der Clou!«

Ich sah Tanda an und blinzelte ihr zu. Sie lächelte zurück und nickte. Das würde eine Weile dauern, aber jetzt war Ganzfix dran.

›Da hast du mich ja wieder in eine schöne Geschichte hineingezogen‹
D.ICK UND D.OOF

22

Irgend etwas lauerte in der Dunkelheit. Ich konnte es eher fühlen als sehen.

Ich war allein. Ich wußte nicht, wohin die anderen verschwunden waren, aber ich war sicher, daß sie auf mich zählten.

»Wer ist da?« rief ich.

»Ich bin Isstvan, Skeeve. Ich habe auf dich gewartet. Es gibt nur noch dich und mich, Skeeve. Dich und mich!«

Etwas rüttelte an meiner Schulter. Aahz kniete neben mir.

»Wach auf, Kind! Wenn du weiter so um dich schlägst, fällst du noch ins Feuer.«

»Isstvan ist da!« rief ich verzweifelt. »Er weiß über unsere ganzen Pläne Bescheid.«

»Was?«

»Er hat mit mir geredet. Er ist mir im Traum erschienen!«

»Hm ... klingt mehr nach einem schlichten alten Alptraum«, erklärte Aahz. »Ich hab dich gleich davor gewarnt, Tanda das Würzen der Suppe zu überlassen.«

»Bist du sicher?« fragte ich voller Zweifel.

»Völlig sicher«, beteuerte Aahz. »Wenn Isstvan wüßte, daß wir im Anmarsch sind, ließe er sich etwas viel Gewaltigeres einfallen, als in deinen Träumen herumzuspuken.«

Das sollte mich wahrscheinlich beruhigen. Es wirkte aber nicht.

Es erinnerte mich lediglich daran, daß ich in dem bevorstehenden Kampf der Unterlegene sein würde.

»Aahz, kannst du mir nicht etwas über Isstvan erzählen? Wie sieht er zum Beispiel aus?«

»Das hat keinen Wert, Kind.« Aahz grinste mich an.

»Warum nicht?«

»Weil wir beide ihn nicht auf die gleiche Art sehen, oder zumindest würden wir ihn unterschiedlich beschreiben.«

»Na gut. Aber kannst du mir nicht etwas über seine Kräfte sagen? Welche Fähigkeiten hat er denn?«

»Zum einen würde das zu lange dauern. Stell dir einfach vor, daß er zu allem in der Lage ist, was du dir ausmalen kannst.«

»Und zum anderen?«

»Was für anderen?«

»Du sagtest ›zum einen‹. Das bedeutet, daß es noch einen anderen Grund geben muß.«

»Hm«, erwog Aahz. »Nun, ich bin nicht ganz sicher, ob du das verstehen kannst, aber in gewisser Weise ist das, was er vermag, ich meine, eine Liste aller seiner Fähigkeiten, ohne Bedeutung.«

»Wieso?«

»Weil wir die Initiative ergreifen werden. Das versetzt ihn in eine passive Rolle.«

»Noch eine Frage, Aahz«, sagte ich schließlich nach einigem Überlegen.

»Und die wäre?«

»Was passiert, wenn deine Annahmen nicht zutreffen?«

»Dann ist es mit uns aus und vorbei.«

»Was heißt ...«

»Dann versuchen wir etwas Neues«, verbesserte er sich schnell.

»Zum Beispiel?«

»Das weiß ich jetzt noch nicht.« Aahz zuckte die Schultern. »Es bestehen zu viele Möglichkeiten. Wir verfahren vorläufig nach meiner besten Vermutung. Darüber hinaus müssen wir abwarten.«

Ein paar Minuten lang saßen wir schweigend da und starrten in das erlöschende Feuer, jeder war in seine Gedanken versunken.

»Sag mal, Aahz?« meinte ich schließlich.

»Ja, Kind?«

»Glaubst du, wir sind vor Frumpel bei Isstvan?«

»Nur die Ruhe, Kerlchen. Frumpel sitzt jetzt vermutlich in einer anderen Dimension und haut sich die Hucke voll.«

»Aber du hast doch gesagt ...«

»Ich habe inzwischen noch einmal darüber nachgedacht. Die einzigen Beweggründe für einen Täufler sind Profitgier und Angst. Soweit wie er in diese Sache verstrickt ist, dürfte bei ihm die Angst die Profitlichkeit überwiegen. Der Versuch, einem Verrückten Informationen zu verkaufen, birgt ein gewaltiges

Risiko in sich. Meiner Ansicht nach hat er sich verkrümelt und bleibt fort, bis Gras über die ganze Angelegenheit gewachsen ist.«

Ich versuchte, mir mein Vertrauen in Aahz' Fachverstand für solche Dinge zurückzurufen. Es fiel mir jedoch auf, wie weit wir in unserer Planung auf Vermutungen angewiesen waren.

»Aahz? Wäre es nicht sicherer gewesen, etwas Geld in ein paar dieser tollen Waffen auf Tauf zu investieren?«

»Die brauchen wir nicht«, antwortete er fest.

Plötzlich bemerkte ich, daß ich zwar die Umrisse des schlafenden Ganzfix, jedoch keine Spur von Tanda oder Gliep entdecken konnte.

»Wo ... äh ... ist denn Gliep?« fragte ich unvermittelt.

Aahz grinste mich an.

»Gliep schiebt Wache ... und falls es dich interessieren sollte, Tanda mit ihm.«

Ich war ein wenig verärgert, daß er mich so leicht durchschaut hatte, und gleichzeitig fest entschlosen, es mir nicht anmerken zu lassen.

»Wann kommt ... äh ... kommen sie zurück?«

»Nur die Ruhe, Kerlchen. Ich habe Tanda gesagt, sie soll dich heute nacht in Frieden lassen. Du brauchst deinen Schlaf für morgen.«

Er drehte seinen Kopf entschieden in Richtung des Mörderumhangs, den ich als Kopfkissen benutzt hatte. Grummelnd nahm ich wieder meine liegende Stellung ein.

»Habe ich dich aufgeweckt, Aahz?« fragte ich zur Entschuldigung. »Durch den Alptraum, meine ich.«

»Nee. Ich war noch auf. Hatte noch ein paar letzte Vorbereitungen für morgen getroffen.«

»Oh.«

»Sag mal, Kind?«

»Ja, Aahz?«

»Morgen können wir vermutlich nicht reden, wenn Ganzfix wieder wach ist, deshalb will ich dir jetzt, wo wir ein paar Minuten für uns allein haben, sagen, daß ... wie immer es morgen ausgehen mag ... nun ... es war nett, mit dir zusammenzuarbeiten.«

»He, Aahz ...« Ich wollte mich wieder aufsetzen.

Eine rauhe Hand drückte mich auf mein Kissen zurück.

»Schlaf jetzt!« befahl Aahz, doch hinter seinem groben Ton verbarg sich eine Spur Zärtlichkeit.

›Seit dem Menschen der Vorgeschichte sind Schlachten niemals so verlaufen, wie sie geplant waren‹
QU. VARUS

23

Wir kauerten in einem kleinen Hain auf einem Hügel, von wo aus wir den Gasthof überschauen und unser Ziel näher betrachten konnten. Der Gasthof war, wie ihn Ganzfix auch beschrieben hatte; es handelte sich um ein einzelstehendes zweigeschossiges Gebäude mit angebauten Ställen an einer von Unkraut überwucherten Landstraße.

»Bist du sicher, daß keine Schutzwälle errichtet sind?« wisperte Aahz.

Er richtete seine Frage an Tanda. Sie warf mir ihrerseits einen raschen Blick zu. Ich nickte knapp mit dem Kopf.

»Völlig sicher!« flüsterte sie zurück.

Dies alles war Teil unseres Planes. In Ganzfixens Augen besaß allein Tanda von uns vieren übernatürliche Kräfte.

»Reinzugelangen wird leicht sein, rauskommen schon schwerer«, meinte Aahz.

»Mir gefällt das nicht«, erklärte Tanda entschieden.

»Mir auch nicht«, gab Aahz zu. »Aber da vom Warten nichts besser wird, wollen wir lieber anfangen. Du kannst schon mal deine Tarnung anlegen.«

»Richtig, Aahz«, sagte sie.

Keiner der beiden sah mich an. Vielmehr schaute Aahz zu Tanda hinüber. Dies lenkte auch Ganzfixens Aufmerksamkeit auf sie, und sie begann nun, wild sich zu drehen und zu winden. Unbeobachtet schloß ich die Augen und machte mich an die Arbeit.

Ich verwandelte Tandas liebliche Züge in das zweifelhafte Gesicht des Imps Higgens ... bzw. in Higgens' menschliche Tarnung. Sobald dies vollbracht war, schlug ich wieder die Augen auf. Ich räusperte mich, was für Tanda das Signal zum Aufhören bedeutete.

»Wie sehe ich aus?« fragte sie stolz.

»Großartig!« rief ich ohne eine Spur Bescheidenheit.

»Unerhört!« wunderte sich Ganzfix. »Wie macht ihr das nur?«

»Berufsgeheimnis.« Tanda zwinkerte ihm zu.

»Ab jetzt mir dir. Und mit dir auch, Skeeve.«

»Aber, Aahz, könnte ich denn nicht ...«

»Nein, du kannst nicht. Darüber haben wir doch

schon ausführlich gesprochen. Diese Mission ist viel zu gefährlich für einen so unerfahrenen Burschen wie dich.«

»Verzweifle nicht, Bursche!« versuchte Ganzfix mich aufzurichten. »Dein Tag wird auch noch kommen. Wenn wir scheitern, mußt du die Mission zu Ende führen.«

»Wahrscheinlich. Na, viel Glück jedenfalls ...«

Ich drehte mich zu Tanda um, die jedoch bereits verschwunden war, als habe der Erdboden sie verschluckt.

»So, Skeeve, jetzt bist du dran«, mahnte mich Aahz.

Ich wandte mich meinem Drachen zu.

»Bleib schön hier, Gliep. Ich bin bald wieder da, und solange tust du, was Aahz sagt. Verstanden?«

»Gliep?« machte mein Drache und duckte den Kopf.

Einen Augenblick lang befürchtete ich, er würde alles verderben, dann aber drehte er sich um und stahl sich an Aahz' Seite, von wo aus er mich mit schmachtenden blauäugigem Blick ansah.

Alles war bereit.

»Auf Wiedersehen! Viel Glück!« rief ich und trottete langsam über den Hügel zurück, ein Bild des Elends.

Sobald ich außer Sicht war, drehte ich mich um und begann, in weitem Bogen um das Gasthaus zu laufen.

Nach außen hin war unser Plan ganz simpel. Aahz und Ganzfix wollten Tanda genügend Zeit lassen, hinter den Gasthof zu laufen und über das Stalldach einzudringen. Danach wollten die beiden das Anwesen kühn durch den Haupteingang betreten.

Sollte es zu einer Auseinandersetzung kommen, könnte Tanda Isstvan dann mit Zaubermitteln von hinten angreifen. Ich sollte ruhig im Hain warten, bis die Angelegenheit erledigt wäre.

In Wirklichkeit war unser Vorhaben etwas ausgefeilter. Ohne daß Ganzfix etwas davon wußte, sollte ich ebenfalls das Gasthaus umrunden und einen geheimen Eingang suchen. Im geeigneten Augenblick sollten Tanda und ich dann mit unseren magischen Kräften Verwirrung stiften, daß Aahz seine Geheimwaffe anwenden konnte, die er auf Tauf erworben hatte.

Ich wünschte, ich hätte mehr über Aahz' Geheimwaffe gewußt. Er hatte darum eine echte Geheimniskrämerei veranstaltet, und weder ich noch Tanda hatten ihm irgendwelche Informationen entlocken können. Er hatte gesagt, es müsse aus nächster Nähe angewandt werden. Und daß er es nicht benutzen könne, wenn Isstvan ihn beobachtete. Er hatte gesagt, dies sei unsere einzige Hoffnung, Isstvan zu schlagen. Und es sollte eine Überraschung werden.

Irre!

Vielleicht würde ich, wenn dies alles vorüber wäre, einen Lehrer ohne diesen ausgeprägten Sinn für Humor finden.

Ich verlangsamte meinen Schritt. Ich näherte mich nun der Hinterseite der Herberge. Das Gebüsch wuchs bis dicht an die Mauern, so daß ich leicht herankam.

Ich blieb stehen und prüfte nochmals, ob keine Schutzwälle errichtet waren.

Nichts.

Ich versuchte, Aahz' Vorhersage ›leicht hinein und schwer hinaus‹, zu verdrängen und besah mir die obere Fensterreihe. Kein einziges stand offen, also wählte ich das am nächsten liegende aus und levitierte empor. Ich drückte dagegen und zog am Rahmen.

Verriegelt!

Eilig zog ich mich mit den Händen an der Mauer entlang zum nächsten.

Ebenfalls verschlossen.

Es kam mir in den Sinn, daß es schon Ironie des Schicksals wäre, wenn wir nach all unseren magischen Vorbereitungen von so etwas Banalem wie einem verriegelten Fenster aufgehalten würden.

Zu meiner Erleichterung gab das nächste Fenster meinem Druck nach, innerhalb eines Augenblicks stand ich in der Herberge und versuchte, mein Herzklopfen unter Kontrolle zu bekommen.

Das Zimmer, in dem ich mich befand, war möbliert, doch, wie die Staubschicht auf dem Bett bewies, schon lange nicht mehr bewohnt worden.

Ich durchschritt vorsichtig das Zimmer und versuchte, die Tür zu öffnen.

Sie war nicht verschlossen.

Ich ließ mich auf die Hände und Knie hinab, machte die Tür auf und kroch hinaus, dann zog ich sie hinter mir zu.

Nachdem Ganzfix in seinen Erzählungen den Innenraum des Gasthauses so häufig beschrieben hatte, mutete es einem merkwürdig an, nun tatsächlich hier zu sein. Ich befand mich auf dem L-förmigen Zwischenstock, von wo aus man Zugang zu den höher gelegenen Räumen hatte. Durch die Stäbe der Brüstung hindurch konnte ich in den eigentlichen Schankraum hinabspähen.

Zur Zeit saßen drei Personen an einem Tisch. Zwei von ihnen erkannte ich als die getarnten Gestalten von Higgens und Brockhurst. Der dritte saß mit den gekrümmten Rücken zu mir, so daß ich sein Gesicht nicht ausmachen konnte.

Ich erwog, einen anderen Standort zu beziehen, von wo aus ich einen besseren Blick haben würde, als eine vierte Gestalt mit einem riesigen Tablett eintraf, auf dem ein Krug Wein und vier schmutzige Becher standen.

»Diese Runde geht auf Kosten des Hauses, Jungs!« gluckste jener fröhlich. »Trinkt einen auf den alten Isstvan!«

Isstvan! Das sollte Isstvan sein?

Die watschelnde Gestalt da unten schien keinen der bedrohlichen Züge zu besitzen, wie ich sie von einem Möchtegern-Herrscher der Dimension erwartet hätte.

Rasch überprüfte ich seine Aura. Er hatte keine. Dies war keine Verkleidung. Er sah wirklich so aus. Ich betrachtete ihn genau.

Er war groß, doch seine Untersetztheit verhinderte, daß diese Größe beeindruckend gewirkt hätte. Er hatte langes weißes Haar und einen langen weißen Bart, der seine Brust fast vollständig bedeckte. Seine hellen Augen standen in einem scheinbar stets lächelnden Gesicht, Nase und Wangen waren gerötet, ob vom Lachen oder vom Trinken, das konnte ich nicht sagen.

Und das sollte jener üble Charakter sein, vor dem ich mich nun seit Wochen fürchtete? Er sah genauso aus, wie ihn Ganzfix beschrieben hatte ... wie ein harmloser alter Herbergswirt.

Eine Bewegung am anderen Ende des Zwischenstocks zog meinen Blick auf sich. Tanda! Sie hatte genau wie ich hinter der Brüstung auf dem jenseitigen Teil von der Treppe gekauert, und zuerst glaubte ich, lediglich gesehen zu haben, wie sie sich in eine bequemere Position zurechtsetzte. Dann erkannte ich jedoch, daß sie mir vorsichtig zuwinkte und begriff, daß sie meine Aufmerksamkeit erregen wollte.

Ich winkte zurück, daß ich verstanden hatte, was sie wohl sah, denn sie begann nun mit einer seltsamen Pantomime.

Zuerst vollführte sie mehrere Gesten an ihrer Stirn und deutete dann heftig hinter sich.

Ich begriff nicht und schüttelte den Kopf, um ihr dies zu erklären.

Sie wiederholte die Gesten eindringlicher, und ich sah nun, daß sie unter und hinter sich deutete. Irgend etwas mit den Ställen. Was konnte das bloß sein?

Ich erinnerte mich an ihre erste Bewegung. Sie schien auf ihre Stirn zu zeigen. Hatte sie irgend etwas im Stall geschlagen? Hatte sie dort jemanden umgebracht?

Ich schüttelte erneut den Kopf. Sie zeigte mir frustriert die Zähne.

»Bedienung!«

Bei diesem Gebrüll fuhr ich hoch.

Aahz und Ganzfix waren gerade durch die Tür getreten. Was immer Tanda mir hatte sagen wollen, es würde warten müssen.

»Zwei Krüge von Eurem besten Wein ... und jemand soll mein Einhorn versorgen.«

Natürlich war es Aahz, der all dies sprach. Es war ausgemacht, daß er die Führung in dem Gespräch übernähme. Ganzfix war nicht ganz glücklich darüber gewesen, aber schließlich hatte er sich einverstanden erklärt, den Mund nur aufzumachen, wenn es sich als unbedingt notwendig erweisen würde.

Ihr Eintreten hatte erstaunlich wenig Eindruck auf

die Versammlung da unten gemacht. Genauer gesagt war Isstvan sogar der einzige, der überhaupt den Blick in ihre Richtung wandte.

»Kommt herein, meine Herren, nur herein!« Er lächelte und breitete die Arme weit zum Willkommen aus. »Wir haben Euch erwartet!«

»Das habt Ihr?« plapperte Ganzfix und drückte damit auch meine Gedanken aus.

»Freilich, freilich! Ihr solltet nicht versuchen, den alten Isstvan auf den Arm zu nehmen.« Er schüttelte in gespielter Strenge den Finger. »Die Nachricht wurde uns gerade von ... oh, tut mir leid. Ich habe Euch noch gar nicht meinem neuen Spezialagenten vorgestellt.«

»Wir sind uns schon einmal begegnet«, ertönte die Stimme der gebeugten Gestalt, die sich nun umwandte, sie anzusehen.

Frumpel!

Das also hatte Tanda mir sagen wollen! Das Schlachteneinhorn! Ganzfixens Einhorn stand drunten im Stall. Trotz all unserer Geschwindigkeit war Frumpel vor uns hier eingetroffen.

»Wer seid Ihr?« fragte Ganzfix und beäugte den Täufler.

Aus irgendeinem Grund schien dies Isstvan die Lachtränen auf die Wangen zu treiben. »Heute nachmittag werden wir noch allerhand Spaß haben!«

Er machte eine nachlässige Geste, und die Gasthaustür schlug zu.

Hinter mir erklang eine Reihe dumpfer Klicklaute, und ich begriff, daß die Türen sich selbst verschlossen. Wir waren eingesperrt. Alle zusammen.

»Ich glaube, so gut habe ich mich nicht mehr amüsiert, seit ich mit meiner toten Schwester gebumst habe.«

Isstvans Stimme klang immer noch jovial, doch sie rief in mir eisige Furcht wach. Ich begriff, daß er nicht nur ein gewaltiger Magiker, sondern auch vollständig wahnsinnig war.

›Dich werden wir schon weich kriegen!‹
M. HAMMER

24

Es herrschte gespannte, erwartungsvolle Stille, während die vier sich nach vorn beugten, um ihre Gefangenen zu studieren.

Ich kniete am Boden und beobachtete wie angewurzelt die Szene und rechnete jeden Augenblick mit dem Tod meiner beiden Gefährten.

»Da Frumpel uns schon angekündigt hat«, sagte Aahz einschmeichelnd, »besteht wohl keine Notwendigkeit, diese Verkleidungen länger aufrechtzuerhalten.«

Der zuversichtliche Klang seiner Stimme beruhigte meine erschütterten Nerven.

Wir befanden uns nun einmal mitten im Spiel und mußten so oder so weitermachen.

Schnell schloß ich die Augen und lüftete Aahz' Maske.

»Aahz!« rief Isstvan begeistert. »Ich hätte doch wissen müssen, daß du das bist!«

»Er ist derjenige, der ...«, begann Brockhurst.

»Kennt ihr beiden euch?« erkundigte sich Frumpel, ohne auf den Imp Rücksicht zu nehmen.

»Wir uns kennen?« kicherte Isstvan. »Wir sind *alte* Feinde! Er und ein paar andere Lumpen haben mich das letzte Mal, als wir uns begegnet sind, fast fertiggemacht!«

»Aber diesmal sind wir dran, was, Isstvan?« lächelte Higgens und griff schon freudig nach seiner Armbrust.

»Aber, aber!« mahnte Isstvan, packte den Imp bei der Hand und schüttelte ihn leicht. »Überstürz die Dinge doch nicht.«

»Kommt mir ganz so vor«, spottete Aahz, »als hättest du Schwierigkeiten, flexible Mitarbeiter zu finden, Isstvan.«

»Oh, Aahz«, lachte Isstvan. »Immer noch die gleiche spitze Zunge, wie?«

»Imps?« Aahz' Stimme triefte vor Hohn. »Aber, Isstvan! Selbst dir müßte etwas Besseres einfallen.«

Isstvan seufzte und ließ Higgens zurück in seinen Stuhl fallen.

»Nun, man tut, was man kann. Inflation, du weißt ja.«

Er schüttelte traurig den Kopf, dann strahlte er auch schon wieder.

»Ach, du kannst dir gar nicht vorstellen, wie sehr ich mich freue, dich zu sehen, Aahz. Ich dachte schon, ich müßte waren, bis wir Perf erobern, ehe ich Rache nehmen könnte, und da kommst du einfach so hier hereinspaziert. Wag es nicht zu verschwinden, ehe wir miteinander quitt sind.«

»Ich hab dir doch schon gesagt, daß er seine Kräfte verloren hat«, warf Frumpel ein.

»Kräfte. Ha! Er hat niemals irgendwelche Kräfte besessen«, meldete sich Ganzfix zu Wort, voller Zorn, so lange ignoriert worden zu sein.

»Na, wen haben wir denn hier?« Isstvan blickte lächelnd zu Ganzfix hinüber. »Kennen wir uns irgendwoher?«

»Sag mal, Isstvan«, unterbrach Aahz. »Hast du was dagegen, daß ich mir etwas Wein nehme? Es besteht ja schließlich kein Grund, sich unzivilisiert aufzuführen.«

»Aber gewiß doch, Aahz.« Isstvan winkte ihn nach vorn. »Bedien dich.«

Es war unheimlich, dieses Gespräch zu belauschen: nach außen hin freundlich, verbarg es jedoch einen Katz-und-Maus-Unterton, der die nachlässigen Worte Lügen strafte.

»Was diese Gestalt anbetrifft«, erläuterte Frumpel und deutete auf Ganzfix, »das ist Garkins Lehrling. Der hat unserem Perverser die nötige Magik produziert, nachdem er seine Kräfte eingebüßt hatte.«

»Tatsächlich?« fragte Isstvan erfreut. »Kennst du den Fliegenden-Tassen-Trick? Ich liebe den Fliegenden-Tassen-Trick!«

»Ich verstehe nicht«, murmelte Ganzfix fassungslos und trat ein paar Schritte von der Versammlung zurück.

Nun, wenn wir jemals ein Durcheinander bräuchten, dann jetzt. Folglich schloß ich die Augen und verwandelte Ganzfixens Züge. Die augenfällige Wahl für sein Äußeres war ... ich!

»Siehst du«, erklärte Frumpel stolz. »Was habe ich dir gesagt?«

»Throckwoddle!« riefen die beiden Imps im Chor.

»Was?« Frumpel kniff mißtrauisch die Augen zusammen.

Ich war bereit. Soweit die Ausrufe losbrachen, verwandelte ich Ganzfix erneut. Diesmal verlieh ich ihm Throckwoddles Züge.

»Ei, das *ist* ja Throckwoddle!« rief Isstvan. »Huch, ist das lustig!«

»Warte mal eine Minute!« fauchte Brockhurst. »Wie kann dies Throckwoddle sein, wenn wir dich doch in eine Statue verwandelt haben, ehe wir Throckwoddle einholten?«

Dies rief bei Isstvan nur noch größere Heiterkeitsausbrüche hervor.

»Hört auf!« keuchte er atemlos. »Hört um Himmels willen auf! Oh! Mir tut schon alles weh! Aahz, diesmal hast du dich selbst übertroffen.«

»Es ist doch nichts Besonderes«, meinte Aahz bescheiden.

»Hier stimmt doch irgend etwas nicht«, erklärte Frumpel.

Er steckte eine Hand tief in sein Gewand, ohne ein Auge von Ganzfix zu wenden. Fast hätte ich zu spät begriffen, was er vorhatte. Er wollte seinen Kristall hervorholen, mit dem er Tarnungen entlarven konnte. Als die glitzernde Kugel auftauchte, trat ich in Aktion.

Eine schlichte Levitation, ein leichter Hieb mit meinem Denken und der Kristall sprang aus Frumpels Hand in den Weinkrug.

»Verdammnitz!« fluchte Frumpel und wollte nach seinem Eigentum fischen.

»Laß bloß deine Finger aus dem Wein!« schalt Aahz und schlug ihn aufs Handgelenk. »Du bekommst dein

Spielzeug schon wieder, wenn wir den Krug leer haben!«

Als wolle er dieses Argument unterstreichen, ergriff er den Krug und begann, die Becher auf dem Tisch neu zu füllen.

»Schluß jetzt mit diesem Wahnsinn!« explodierte Ganzfix. »Ich bin weder Skeeve noch Throckwoddle. Ich bin Ganzfix, Dämonenjäger erster Klasse. Wo immer ich einen Kampf erfasse, wird Mensch oder Dämon gleich entdeckt, welche Kraft in mir steckt!«

Das war endgültig zuviel für Isstvan, der nun vor Lachen zusammenbrach.

»Ach, ist der gut, Aahz!« keuchte er. »Wo hast du denn bloß diesen ulkigen Kerl aufgetrieben?«

»Du hast ihn mir auf den Hals gehetzt, falls du dich erinnerst«, gab Aahz zurück.

»Ei, das ist wahr, das ist wahr.« Und selbst das fand er noch grenzenlos komisch.

Die anderen amüsierten sich nicht so sehr.

»Du bist also ein Dämonjäger«, spottete Frumpel. »Was sind denn deine Motive?«

»Die Beleidigungen, die die Dämonen uns zufügen, sind zu zahlreich, um hier aufgeführt zu werden«, wich Ganzfix aus.

»Nun«, begann Ganzfix, »ihr habt mein Zauberamulett und mein Zauberschwert gestohlen und mein Einhorn verhext, daß es jetzt glaubt, es wäre ein Drache!«

»Dein Einhorn ist zur Zeit im Stall festgebunden«, konstatierte Higgens platt. »Frumpel hat es mitgebracht.«

»Mein Einhorn ist vor dem Haus festgebunden«,

kreischte Ganzfix. »Und es glaubt, es wäre ein Drache.«

»Dein Einhorn ist im Stall festgebunden«, gab Higgens zurück. »Und wir glauben, du bist eine taube Nuß!«

»Aber meine Herren, meine Herren!« Isstvan schaffte es trotz seines Gelächters, die Arme zu heben. »Das alles ist ja ganz lustig, aber ... seht euch das an!«

Mitten in der Luft, keine zwei Handbreit von Isstvans Kopf entfernt, schwebte ein kleiner goldschwarzer Pfeil.

»Ein Mörderpfeil«, grübelte Isstvan und pflückte das Geschoß von der Stelle, wo es schwebte. »Nun, wer wäre wohl so ungezogen, mich von hinten vergiften zu wollen?«

Seine Augen wanderten zu Brockhurst, der ahnungslos auf den Stufen saß. Dieser begriff plötzlich, daß er im Mittelpunkt des allgemeinen Interesses stand. Er riß vor Schreck die Augen auf.

»Nein! Ich ... Warte! Isstvan!« Er erhob sich halb und streckte eine Hand aus, als wolle er einen Angriff abwehren. »Ich war's nicht ... Nein! Bitte, nicht! Kchch!«

Letzteres wurde begleitet davon, daß seine Hände an seine Kehle fuhren und ihn heftig schüttelten.

»Kchch ... ek ... urk ...«

Er stürzte auf die Stufen zurück und begann, sich rasend hin und her zu wälzen.

»Isstvan«, begann Higgens zögernd. »Normalerweise würde ich mich nicht einmischen, aber meinst du nicht, du solltest dir erst einmal anhören, was er zu sagen hat?«

»Aber ich mache gar nichts«, blinzelte Isstvan voll beleidigter Unschuld.

Mein Blick richtete sich auf die gegenüberliegende Seite des Zwischenstocks. Dort kauerte Tanda mit geschlossenen Augen. Sie schien eine unsichtbare Person am Boden vor sich zu schütteln. Ich begann, die Fähigkeiten eines ausgebildeten Mörders in zunehmendem Maße zu schätzen.

»Du machst gar nichts!?« kreischte Higgens. »Dann unternimm gefälligst etwas! Er stirbt!«

Ich dachte einen Augenblick, diese alberne Bemerkung würde Isstvan wieder zum Lachen bringen, diesmal jedoch nicht.

»Ach«, seufzte er. »Das ist alles so verwirrend. Ja, ich glaube, du hast recht.«

Er schnippte mit den Fingern, worauf Brockhurst aufhörte, um sich zu schlagen und begann, in keuchenden Zügen Luft zu holen.

»Hier, alter Junge«, sagte Aahz. »Trink einen Schluck!«

Er bot Brockhurst einen übervollen Becher an, aus dem der Imp dankbar tiefe Schlucke nahm.

»Aahz«, sagte Isstvan gestreng. »Ich glaube, du bist nicht ganz aufrichtig zu uns gewesen.«

»Ich?« Aahz tat ganz unschuldig.

»Nicht einmal du hättest so viel Wirrwarr ohne jede Hilfe hervorrufen können. Woher kommt es also?«

Er schloß die Augen und wandte das Gesicht zur Decke.

»Aha!« rief er plötzlich. »Da haben wir es ja!«

Dann erscholl ein Quieken vom anderen Ende des Zwischenstocks, und Tanda wurde plötzlich von unsichtbaren Händen emporgehoben.

»Higgens!« rief Isstvan. »Noch einer! Ei, ei, dieser Tag ist doch voller Überraschungen.«

Tanda schwieg, als sie auf einen Stuhl bei den anderen herabgetragen wurde.

»Wollen wir doch mal sehen«, murmelte Isstvan vor sich hin. »Haben wir jemanden vergessen?«

Ich spürte plötzlich den Druck unsichtbarer Kräfte und begriff, daß ich der nächste war. Ich versuchte, mir eine Tarnung einfallen zu lassen, aber der einzige, der mir in den Sinn kam, war Gliep ... Also probierte ich es.

»Ein Drache!« schrie Brockhurst und hüpfte auf die Bildfläche.

»Gliep«, sagte ich und rollte verzweifelt die Augen.

»Oh nein, das ist zuviel«, schmollte Isstvan. »Ich will sehen, mit wem ich es zu tun habe.«

Er machte eine unbestimmte Handbewegung, worauf alle Tarnungen verschwanden ... alle.

Ich kam zu den anderen herabgeschwebt, doch meine Ankunft ging im allgemeinen Trubel unter.

»Tanda!« stieß Isstvan begeistert hervor. »Ja, ja. Das ist ein Wiedersehen, was?«

»Spar dir dein Gesabbel«, schalt Tanda.

Ganzfix sah so schnell von einem zum anderen, daß ich befürchtete, ihm würde der Kopf herunterfallen.

»Ich verstehe überhaupt nichts mehr!« jammerte er.

»Halt den Mund, Ganzfix«, herrschte Aahz ihn an. »Wir werden es dir später erklären.«

»Vorausgesetzt es gibt ein Später«, sagte Frumpel höhnisch.

Ich neigte dazu, ihm beizupflichten. Die Atmosphäre in dem Raum entbehrte nun jeglicher Jovialität. Es war vorbei. Wir hatten verloren. Wir waren alle entdeckt und gefangen, und Isstvan war so mächtig wie eh und je. Worum es sich bei Aahz' Geheimwaffe auch immer gehandelt haben mochte, sie hatte offensichtlich nicht funktioniert.

»Nun, ich fürchte, daß alle schönen Dinge einmal ein Ende haben müssen«, seufzte Isstvan und leerte seinen Becher. »Ich fürchte, ich muß euch nun beseitigen.«

Es klang aufrichtig betrübt, aber irgendwie konnte ich kein Mitgefühl mit seinem Gejammer empfinden.

»Nur noch eine Frage, Aahz, ehe wir beginnen«, sagte er erstaunlich vernünftig.

»Und die wäre?«

»Warum hast du es getan? Ich meine, wie konntest du mit so einer schwachen Mannschaft hoffen, mich zu schlagen?«

Isstvan klang ehrlich interessiert.

»Nun, Isstvan«, sagte Aahz schleppend. »Das ist eine Frage der Anschauung.«

»Was soll das heißen?« fragte Isstvan mißtrauisch.

»Ich ›hoffe‹ nicht, daß wir dich schlagen können ...« Aahz lächelte. »Ich weiß es.«

»Tatsächlich?« kicherte Isstvan. »Und worauf begründest du deine Logik?«

»Nun, darauf, daß wir bereits gewonnen haben.« Aahz blinzelte unschuldig. »Es ist vorbei, Isstvan, ob du es begreifst oder nicht.«

›Bloß, weil du einen Hexer besiegt hast, mußt du noch lange keinen Hexer besiegt haben‹
TOOTH-AAMON

25

»Aahz«, sagte Isstvan gestreng. »Es gibt Zeiten, wo selbst dein Humor ein wenig abgedroschen wirkt.«

»Ich mach keine Witze«, versicherte ihm Aahz. »Du hast deine Kräfte verloren. Los, versuch etwas. Irgend etwas!«

Isstvan zögerte. Er schloß die Augen.

Nichts rührte sich.

»Siehst du?« Aahz zuckte mit den Schultern. »Du hast deine Kräfte verloren. Alle. Und schau dich nicht nach deinen Verbündeten um, daß sie dir helfen. Sie sitzen alle im gleichen Boot.«

»Du meinst, wir haben wirklich gewonnen?« platzte ich heraus, als ich allmählich begriff, was sich hier andeutete.

»Ganz recht, Kerlchen.«

Aahz beugte sich plötzlich nach vorn und hieb Frumpel auf die Schulter.

»Meinen Glückwunsch, Frumpel«, rief er. »Ich muß schon zugeben, ich hätte nicht gedacht, daß du es schaffst.«

»Was?« blinzelte der Täufler.

»Ich bin sehr froh, daß unsere Schuld bei dir hiermit beglichen ist.«

»Frumpel!« In Isstvans Stimme lag eine düstere Drohung. »Haben wir das dir zu verdanken?«

»Ich ... ich ...«, stammelte Frumpel.

»Nur vorwärts, Frumpel! Koste den Triumph aus!« ermutigte ihn Aahz. »Er kann dir jetzt nichts tun. Außerdem kannst du dich jederzeit hier wegtelepathieren, wenn du willst.«

»Nein, das kann er nicht!« höhnte Higgens, sein Arm schoß nach vorn.

Ich sah gerade noch, wie ein kleiner Ball durch die Luft flog, ehe er an Frumpels Stirn mit einer purpurroten Staubwolke explodierte.

»Aber ...«, begann Frumpel, doch es war bereits zu spät.

Mitten in der Bewegung seiner Geste erstarrten seine Glieder, und sein Gesicht wurde reglos. Da hatten wir schon wieder eine Statue.

»Gut reagiert, Higgens!« lobte Aahz.

»Wenn es dir nicht zuviel Mühe macht, Aahz«, mischte sich Isstvan ein, »könntest du mir vielleicht einmal erklären, was hier eigentlich vor sich geht.«

»Ach!« sagte Aahz. »Das ist ja gerade der Clou.«

»Das kommt mir so bekannt vor«, murmelte Ganzfix.

Ich stieß ihn mit dem Ellbogen in die Rippen. Noch waren wir nicht aus allen Schwierigkeiten heraus.

»Es sieht ganz so aus, als habe Frumpel durch Throckwoddle von deinen Plänen erfahren. Offensichtlich hat er befürchtet, daß du eine Preiskontrolle einführst, was ihn natürlich in seinem Geschäft behindert hätte. Du weißt ja, wie diese Täufler sind.«

Die Imps schnaubten laut. Isstvan nickte nachdenklich.

»Jedenfalls hat er beschlossen, zu versuchen, dich

aufzuhalten. Dazu hat er uns vier erpreßt, ihm zu helfen. Wir sollten Verwirrung stiften, während er den üblichen Angriff startete.«

»Wieso, was hat er denn getan?« platzte Higgens heraus.

»Er hat diesen Wein präpariert!« erklärte Aahz. »Wißt ihr nicht mehr?«

»Wann?« wollte Brockhurst wissen.

»Als er diesen Schwindelkristall in den Krug fallen ließ, erinnert ihr euch?«

»Aber er hat auch aus dem Krug getrunken!« rief Higgens.

»Er hat ja auch vorher ein Gegengift genommen«, schloß Aahz bravourös.

»Dann sitzen wir hier fest!« Brockhurst spie angeekelt aus.

»Weißt du, Aahz«, sagte Isstvan langsam. »Selbst wenn alles so abgelaufen ist, wie du es erzählt hast, so hast du mit deinen Freunden in dieser Geschichte doch eine tragende Rolle gespielt.«

»Da hast du schon recht«, gab Aahz zu, »aber ich bin bereit, dir ein Geschäft anzubieten.«

»Was für ein Geschäft?« fragte Isstvan mißtrauisch.

»Es besteht aus zwei Punkten. Um erstens wiedergutzumachen, daß Tanda und ich uns bei deinen letzten Bestrebungen nach der Macht gegen dich gestellt haben, biete ich dir und deinen Partnern die Ausreise aus dieser Dimension.«

»Hm ...« machte Isstvan. »Und zweitens?«

»Zweitens kann ich dir die beste Rachemöglichkeit an Frumpel hier überlassen. Dafür möchte ich deine Zusicherung, daß du gegen uns vier keinen Groll wegen deines heutigen Mißgeschicks hegst.«

»Schau Aahz«, begann Higgens, »wenn du einen Kampf willst ...«

»Weit gefehlt, meine Herren! Einen Kampf will ich gerade vermeiden. Ich kann euch nur erklären, daß ihr den kürzeren zieht, wie immer dieser Kampf auch ausgehen mag.«

»Nicht unbedingt«, behauptete Brockhurst.

»Ganz unumgänglich«, sagte Aahz hartnäckig. »Wenn ihr uns umbringt, verderbt ihr eure einzige Möglichkeit, aus dieser Dimension wegzukommen. Dann sitzt ihr für immer auf Klah fest. Nach meiner Auffassung ist das eine Niederlage.«

»Darin sind wir uns einig«, murmelte Brockhurst.

»Ach, hör mit dieser Quengelei auf!« unterbrach ihn Isstvan mit einem Kichern. »Aahz hat recht, wie gewöhnlich. Er hat vielleicht eine Reihe physischer und magischer Kämpfe verloren, aber ich habe noch keinen gehört, der in einer Diskussion gegen ihn hätte ankommen können.«

»Dann gilt das Geschäft?« fragte Aahz.

»Es gilt«, antwortete Isstvan entschieden. »Als ob wir eine andere Wahl hätten!«

Sie schüttelten sich feierlich die Hände.

Ich bemerkte, daß die Imps im Hintergrund flüsterten und uns finstere Blicke zuwarfen. Ich fragte mich, ob eine Abmachung mit Isstvan auch für die Imps bindend war, und ob ein Handschlag in einer solchen Lage überhaupt eine ernsthafte Verpflichtung darstellte. Am meisten jedoch war ich darauf gespannt, welchen Trumpf Aahz', noch im Ärmel hatte.

»Nun, Aahz?« erkundigte sich Isstvan. »Wo ist die versprochene Fluchtmöglichkeit?«

»Hier zur Stelle«, parierte Aahz und fischte einen vertrauten Gegenstand aus seinem Hemd, den er Isstvan zuwarf.

»Ein D-Hüpfer!« rief Isstvan voller Freude. »So einen habe ich schon seit ...«

»Was ist das?« fiel Higgens ihm ins Wort.

»Eine Fahrkarte aus dieser Dimension«, erklärte er grollend.

»Wie funktioniert es denn?« erkundigte sich Brockhurst mißtrauisch.

»Vertraut ganz auf mich, meine Herren!« Isstvans verächtlicher Ausdruck strafte die Jovialität seiner Worte Lügen. Er wandte sich wieder Aahz zu.

»Imps!« schimpfte er vor sich hin.

»Du hast sie doch selber angeheuert«, erklärte Aahz ohne jegliches Mitgefühl.

»Das habe ich. So, und was ist nun mit dieser teuflischen Rache an Frumpel?«

»Das ist einfach«, lächelte Aahz. »Benutze den D-Hüpfer und bring ihn zurück nach Tauf.«

»Warum nach Tauf?« wollte Isstvan wissen.

»Weil er von Tauf verbannt worden ist«, antwortete Higgens, dem es nun allmählich dämmerte.

»... und die Täufler unerreicht sind in ihrer Art, jenen Strafen zuzumessen, die ihre Gesetze mißachten«, ergänzte Brockhurst mit einem bösen Grinsen.

Isstvan besah sich den D-Hüpfer und lächelte. »Aahz, ich habe schon immer deinen Sinn für Humor bewundert. Er ist noch bösartiger als meiner.«

»Was kann man schon von einem Perverser erwarten?« höhnte Brockhurst.

»Hüte deine Zunge!« fuhr ich den Imp an.

Er begann, mir auf die Nerven zu gehen.

»Dann ist alles abgemacht«, gluckste Isstvan und klatschte freudig in die Hände. »Brockhurst! Higgens! Schart euch hier um Frumpel. Wir brechen auf nach Tauf!«

»Jetzt sofort?« fragte Brockhurst.

»Und lassen alles so ungeordnet zurück?« meinte Higgens mit einem Seitenblick auf uns.

»Oh, wir werden nicht lange fortbleiben«, beruhigte Isstvan sie. »Hier gibt es nichts, das wir nicht auch später noch holen könnten.«

»Das ist wahr«, stimmte Brockhurst zu und starrte mich nachdenklich an.

»Hm ... Isstvan?«

Das war Ganzfix.

»Sprichst du mit mir?« fragte Isstvan mit ironischer Höflichkeit.

»Ja.« Ganzfix sah unbehaglich drein. »Verstehe ich das richtig, daß ihr alle vor dem Aufbruch in eine Gegend steht, die völlig von Dämonen bevölkert ist?«

»Ganz recht«, nickte Isstvan.

»Könnte ... ich meine ... würde es euch etwas ausmachen, wenn ich euch begleite?«

»Was?« rief ich echt entsetzt. »Warum denn?«

»Nun«, sagte Ganzfix zögernd, »wenn ich in diesen Tagen etwas gelernt habe, so ist das, daß ich verdammt wenig von Dämonen verstehe ...«

»Hört, hört«, murmelte Aahz.

»Ich bin unentschlossen, ob ich meinen eigentlichen Beruf weiter ausüben will oder nicht«, fuhr Ganzfix fort. »Aber jedenfalls reizt es mich, mehr über Dämonen zu erfahren. Welcher Ort wäre dazu besser geeignet, als einer, der ganz von Dämonen bewohnt wird?«

»Warum sollten wir uns ausgerechnet noch einen Dämonenjäger auf den Hals laden?« appellierte Brockhurst an Isstvan.

»Vielleicht könnten wir ihm etwas über Dämonen beibringen«, schlug Higgens mit übertrieben unschuldiger Stimme vor und boxte seinen Partner in die Seite.

»Was. Hm ... Ja, du hast recht, Higgens.« Brockhurst lächelte plötzlich wieder.

»Gut!« rief Isstvan. »Wir machen das Ganze zu einem Ausflug.«

»In diesem Fall«, schnurrte Tanda, »habt ihr sicher nichts dagegen, wenn ich mit von der Partie bin.«

»Was!?« entfuhr es Brockhurst.

»Warum?« parierte Higgens.

»Zur Unterstützung, selbstverständlich«, lächelte sie. »Ich möchte zu gerne dabei sein, wenn ihr Ganzfix über die Dämonen informiert. Ich kann sicher behilflich sein, daß er es besser begreift.«

»Wunderbar, wunderbar!« strahlte Isstvan und überging die Einwände der Imps. »Je mehr, desto besser. Aahz? Skeeve? Wollt ihr nicht auch mit?«

»Diesmal nicht, danke«, antwortete Aahz, ehe ich den Mund aufmachen konnte. »Das Kerlchen hier und ich haben noch ein paar Dinge zu erledigen, die keinen Aufschub dulden.«

»Wie zum Beispiel?« fragte ich.

»Halt den Mund, Kind!« fauchte Aahz und lächelte sogleich wieder der Gruppe zu. »Wir werden hier sein, wenn ihr zurückkehrt.«

»Darauf freuen wir uns schon«, erwiderte Brockhurst mit bösem Lächeln.

»Auf Wiedersehen, Aahz, Skeeve!« Tanda winkte uns zu. »Ich schau demnächst mal bei euch vorbei.«

»Aber Tanda«, setzte ich an.

»Mach dir keine Sorgen, Bursche«, wollte Ganzfix mich beruhigen. »Ich sorge schon dafür, daß der Lady nichts geschieht.«

Tanda zwinkerte mir unzüchtig über seine Schulter hinweg zu.

»Aahz!« kicherte Isstvan. »Ich habe mich richtig an deine Gesellschaft gewöhnt. Wir müssen nächstens öfter zusammenarbeiten.«

Er stellte auf dem D-Hüpfer die Koordinaten ein und bereitete alles zum Start vor.

»Auf Wiedersehen, Isstvan!« Aahz winkte ihm zu. »Und denk an mich!«

Ein Rauschen hing in der Luft, dann waren sie verschwunden. Alle.

»Aahz!« mahnte ich heftig. »Hast du nicht beobachtet, wie die Imps uns angesehen haben?«

»Hm? Oh! Doch, ja, Kind! Ich hab dir ja gesagt, daß sie schmierige kleine Kreaturen sind.«

»Aber was wollen wir machen, wenn sie zurückkommen?«

»Mach dir darüber keine Gedanken, Kerlchen!«

»Mach dir darüber keine Gedanken!« kreischte ich. »Wir müssen sofort ...«

»... weil sie gar nicht zurückkehren werden«, ergänzte Aahz.

Das brachte mich zur Vernunft.

»Aber ... wenn sie auf Tauf landen ...«

»Das war doch nur ein Scherz, Kerlchen.« Aahz grinste mich an. »Die landen nicht auf Tauf.«

›Eine Frau ist wie ein gutes Musikstück:
sie sollte einen sauberen Schluß haben‹
F. SCHUBERT

26

»Sie landen nicht auf Tauf?«

Es fiel mir schwer, mich so rasch auf diesen Gedanken einzustellen.

»Ganz recht, Kerlchen«, meinte Aahz und goß sich noch etwas Wein ein.

»Aber Isstvan hat doch selbst den D-Hüpfer eingestellt!«

»Das schon!« antwortete Aahz selbstgefällig. »Aber ich habe gestern abend einige Vorbereitungen für diesen Ausflug getroffen. Ich habe die Markierungen an den Zeigern vertauscht.«

»Wo fahren sie denn dann hin?«

»Woher soll ich das wissen?« Aahz zuckte mit den Schultern und nahm einen tiefen Zug Wein. »Aber ich wette, sie brauchen eine ganze Weile, um den Rückweg zu finden. Der D-Hüpfer hat einen Haufen Anzeigen.«

»Aber was ist mit Tanda und Ganzfix?«

»Tanda kann sich um Ganzfix kümmern«, beruhigte mich Aahz. »Außerdem besitzt sie die Kräfte, sie jederzeit da herauszuholen, wenn sie will.«

»Wirklich?«

»Klar. Aber sie wird sich vermutlich erst einmal amüsieren, mit den Kerlen herumzuziehen. Ich kann ihr das nicht verübeln. Mir würde das auch Spaß machen, zuzusehen, wie Ganzfix in den verschiedenen Dimensionen zurechtkommt.«

Er nahm einen weiteren ausgiebigen Schluck.

»Aahz!« schrie ich über einen plötzlichen Einfall. »Der Wein!«

»Was ist damit? Oh, mach dir keine Sorgen, Kerlchen.« Er lächelte. »Ich habe meine Kräfte doch schon verloren, erinnerst du dich? Abgesehen davon glaubst du doch wohl nicht, daß ich mir etwas in meinen eigenen Wein schütte, oder?«

»*Du* hast etwas in den Wein geschüttet?«

»Klar. Das war doch meine Geheimwaffe. Du hast doch nicht den ganzen Unfug mit Frumpel geglaubt, wie?«

»Also ... natürlich nicht«, antwortete ich beleidigt.

Obwohl ich tatsächlich wußte, daß Frumpel es nicht getan hatte, hatte ich jede Vorstellung darüber eingebüßt, wer was wem angetan hatte.

»Hier, Kerlchen.« Aahz reichte mir seinen Becher und griff nach dem Krug. »Trink auch etwas. Du hast deine Sache heute nachmittag großartig gemacht.«

Ich nahm den Becher, konnte mich aber irgendwie nicht dazu überwinden, etwas davon zu trinken.

»Was hast du denn überhaupt in den Wein geschüttet?« erkundigte ich mich.

»Scherzpulver«, erklärte Aahz. »Soweit ich das sagen kann, ist das das gleiche, was Garkin bei mir angewandt hat. Man kann es in ein Getränk schütten, übers Essen sprühen oder verbrennen, damit das Opfer die Dämpfe einatmet.«

Mir schoß das Bild des rauchenden Kessels durch den Kopf, als Aahz sich bei Garkin materialisiert hatte.

»Was bewirkt es?«

»Hast du denn nicht zugehört, Kerlchen?« Aahz neigte den Kopf. »Es nimmt einem die Kräfte.«

»Für immer?«

»Natürlich nicht!« schalt Aahz. »Nur ein Jahrhundert lang.«

Meine Fragen waren alle beantwortet ... bis auf eine.

»Sag mal, Aahz?«

»Ja, Kind?«

»Was machen wir denn jetzt?«

»In welcher Angelegenheit?« wollte Aahz wissen.

»Ich meine, was haben wir jetzt vor? Seit wir uns kennengelernt haben, waren wir doch hinter Isstvan her. Das ist jetzt erledigt. Was machen wir nun?«

»Du, Lehrling«, sagte Aahz streng, »widmest dich deiner Magik. Du hast noch eine gute Weile vor dir, ehe du an den Meisterstatus auch nur heranreichst. Was mich betrifft ... na ja, werde wohl meine meiste Zeit damit zubringen, dir die Magik beizubringen.«

Er spülte ein wenig Wein die Kehle hinab.

»Im Augenblick sind wir ganz gut ausgerüstet«, stellte er fest. »Wir haben einen Zauberkristall dank Frumpel ...«

»... und dieses krumme Schwert, wenn wir es brauchen sollten«, ergänzte ich. »Und einen schlecht funktionierenden Feuerring.«

»Äh ...«, machte Aahz. »Ehrlich gesagt ... äh ... den habe ich Tanda geschenkt.«

»Geschenkt?« fragte ich. »Du hast etwas verschenkt?«

Aahz zuckte mit den Schultern.

»Ich habe ein weiches Gemüt. Da kannst du jeden fragen.«

»Hm ...« Ich hatte meine Zweifel.

»Äh, außerdem haben wir ein Schlachteinhorn, wenn wir irgendwohin reiten wollen«, fügte Aahz hastig hinzu, »und deinen albernen Drachen.«

»Gliep ist nicht albern!« fuhr ich ihn heftig an.

»Na gut, na gut«, lenkte Aahz ein, »... deinen intelligenten staattlichen Drachen.«

»Schon besser«, murmelte ich.

»Aber eigentlich frage ich mich, warum wir überhaupt hier weg sollten«, erläuterte Aahz und blickte um sich. »Dieses Haus kommt mir ganz vernünftig vor. Wir haben hier ein paar ordentliche Kräftelinien zur Verfügung, und so wie ich Isstvan kenne, ist der Weinkeller gut ausgestattet. Wir könnten eine weit schlechtere Operationsbasis haben.«

Eine weitere Frage kam mir in den Sinn.

»Sag mal, Aahz?«

»Ja, Kind?«

»Vor ein paar Minuten hast du gesagt, du würdest gern miterleben, wie Ganzfix sich durch die verschiedenen Dimensionen schlägt ... und du hast doch offensichtlich eine Schwäche für Tanda ...«

»Ja?« Aahz blickte finster drein. »Und?«

»Warum bist du dann nicht mit ihnen gefahren? Du brauchst doch nicht an dieser Dimension zu kleben.«

»Isstvan ist eine taube Nuß«, unterbrach mich Aahz, »und Imps kann ich nicht ausstehen. Meinst du, die hätte ich gerne als Reisegefährten?«

»Aber du hast doch gesagt, Tanda könnte sich frei in Dimensionen bewegen? Hättest du nicht mit ihr ...«

»Schon gut, schon gut«, fiel Aahz mir ins Wort. »Wenn du es unbedingt hören willst: Ich bin wegen dir hiergeblieben.«

»Warum?«

»Weil du noch nicht zwischen den Dimensionen reisen kannst. Nicht, bis du ...«

»Ich meine, warum bleibst du überhaupt bei mir?«

»Warum? Weil du mein Lehrling bist, darum!«

Aahz schien echt verärgert zu sein. »Wir haben ein Abkommen geschlossen, wie du dich vielleicht erinnerst. Du hilfst mir gegen Isstvan, und ich lehre dich die Magik. Nun, du hast deine Verpflichtung erfüllt, und ich werde mein Versprechen auch halten. Ich werde dir die Magik beibringen, und wenn du dabei draufgehst ... oder ich, was wahrscheinlicher ist!«

»Ja, Aahz«, stimmte ich hastig zu.

»Außerdem«, murmelte er und goß sich noch einen Becher ein, »mag ich dich.«

»Wie bitte? Das hab ich nicht ganz verstanden.«

»Dann paß nächstens besser auf!« schnauzte Aahz mich an. »Ich sagte, trink deinen Wein und gib deinem albernen Drachen was davon. Ich erlaube dir, eine ... hörst du, *eine* Nacht durchzufeiern. Und morgen früh beginnen wir, ernsthaft zu arbeiten.«

»Ja, Aahz«, sagte ich gehorsam.

»Und Kerlchen«, Aahz grinste. »Mach dir keine Sorgen, daß es zu langweilig werden könnte. Wir werden nicht nach Abenteuern suchen müssen. Bei unserem Beruf kommen die gewöhnlich von selber.«

Ich hatte das ungute Gefühl, daß er recht hatte.

ENDE

Band 20 182

Robert Asprin

Drachenfutter

Deutsche Erstveröffentlichung

Skeeve, der junge Zauberlehrling, hat seinen Meister gefunden – ausgerechnet den Dämonen Aahz, ein grünhäutiges Monster, das sich als recht gutmütig erweist, allerdings eine unangenehme Eigenschaft hat: Es übt eine magische Anziehungskraft auf Schwierigkeiten aller Art aus. Überaus turbulente Lektionen sind damit für den tapferen Skeeve garantiert. Doch damit nicht genug. Bald hat der junge Magiker noch ein Einhorn, ein schönes Mädchen und einen vorlauten Drachen am Hals – und einen Job, bei dem auch der beste Zauberer nur auf eine Art enden kann: als Drachenfutter.

ROBERT ASPRINS ›Dämonen‹-Serie – die wildesten, unglaublichsten und aberwitzigsten Reisen durch alle Dämonsionen der Fantasy. Das sicherste Mittel gegen Frust und Langeweile!

BASTEI LÜBBE

Sie erhalten diesen Band im Buchhandel, bei Ihrem Zeitschriftenhändler sowie im Bahnhofsbuchhandel.